Der literarische Adventskalender
Großdruck

DER LITERARISCHE ADVENTSKALENDER GROSSDRUCK

24

weihnachtliche Geschichten, Gedichte und Lieder

Ausgewählt von
Michael Büsgen

Anaconda

MIX
Papier | Fördert gute Waldnutzung
FSC® C014496

Penguin Random House Verlagsgruppe FSC® N001967

1. Auflage

produktsicherheit@penguinrandomhouse.de
(Vorstehende Angaben sind zugleich
Pflichtinformationen nach GPSR.)

Umschlaggestaltung: druckfrei. Dagmar Hermann, Bad Honnef
Umschlagmotive: Adobe Stock / moleskostudio
Satz und Layout: Satzwerk Huber, Germering
Druck und Bindung: GGP Media GmbH, Pößneck
Printed in Germany
ISBN 978-3-7306-1583-6
www.anacondaverlag.de

Der Stern

Hätt' einer auch fast mehr Verstand
als wie die drei Weisen aus Morgenland
und ließe sich dünken, er wäre wohl nie
dem Sternlein nachgereist, wie sie;
dennoch, wenn nun das Weihnachtsfest
seine Lichtlein wonniglich scheinen lässt,
fällt auch auf sein verständig Gesicht,
er mag es merken oder nicht,
ein freundlicher Strahl
des Wundersternes von dazumal.

Wilhelm Busch

Inhalt

01.

Dezember

Weihnachten

Johann Wolfgang Goethe

Bäume leuchtend, Bäume blendend,
Überall das Süße spendend,
In dem Glanze sich bewegend,
Alt und junges Herz erregend –
Solch ein Fest ist uns bescheret,
Mancher Gaben Schmuck verehret;
Staunend schaun wir auf und nieder,
Hin und her und immer wieder.

Aber, Fürst, wenn dir's begegnet
Und ein Abend so dich segnet,
Dass als Lichter, dass als Flammen
Vor dir glänzten allzusammen
Alles, was du ausgerichtet,
Alle, die sich dir verpflichtet:
Mit erhöhten Geistesblicken
Fühltest herrliches Entzücken.

02.

Dezember

Wie der Fuchs den Bären ums Weihnachtsessen prellt

Aus Norwegen

Der Bär und der Fuchs hatten sich einmal zusammen ein Viertel Butter gekauft, das wollten sie zu Weihnachten haben und verwahrten es daher unter einem dicken Tannenbusch. Darauf gingen sie fort und legten sich auf einem Hügel in der Sonne schlafen.

Als sie eine Weile gelegen hatten, sprang der Fuchs auf und rief: »Ja!«, und damit lief er geraden Weges zu dem Butterviertel, wovon er gut den dritten Teil auffraß. Als er aber zurückkam und der Bär ihn fragte, wo er gewesen sei, dass er so fett ums Maul wäre, sagte er: »Meinst du denn nicht, ich sei zu Gevatter gebeten, du?«

»Na so!«, sagte der Bär, »wie hieß denn das Kind?«

»Angefangen«, sagte der Fuchs.

Damit legten sie sich wieder schlafen. Nach einer Weile sprang der Fuchs abermals auf und rief: »Ja!«, und lief wieder zu dem Butterviertel. Als er zurückkam, und der Bär ihn fragte, wo er gewesen sei, antwortete er: »Ach, wurde ich denn nicht wieder zu Gevatter gebeten, du!«

»Wie hieß jetzt das Kind?«, fragte der Bär.

»Halb verzehrt«, antwortete der Fuchs. Der Bär meinte, das wär ein hübscher Name; aber es dauerte nicht lange, so fing er wieder an zu gähnen und schlief ein. Als er nun ein Weilchen gelegen hatte, ging es wieder ebenso wie die beiden vorigen Male: Der Fuchs sprang wieder auf und rief: »Ja!«, lief zu dem Butterviertel und fraß nun auch den letzten Rest auf. Wie er zurückkam, war er wieder zur Kindtaufe gewesen, und als der Bär wissen wollte, wie das Kind hieß, antwortete er: »Den Boden geleckt.«

Damit legten sie sich wieder zur Ruhe und schliefen beide eine gute Weile. Danach wollten sie hingehen und sich nach ihrer Butter umsehen. Als es sich nun aber fand, dass sie ganz aufgezehrt war, beschuldigte der Bär dafür den Fuchs, und der Fuchs beschuldigte wieder den Bären, und der eine behauptete immer, der andere sei bei der Butter gewesen, während er dagelegen und geschlafen habe.

»Nun«, sagte Reineke, »wir wollen's bald erfahren, wer von uns die Butter gestohlen hat: Wir wollen uns jetzt wieder auf dem Hügel schlafen legen, und wer dann am fettesten unten beim Schwanz ist, wenn wir aufwachen, der hat sie gestohlen.«

Ja, der Bär wollte gleich auf die Probe eingehen, und weil er bei sich selbst wusste, dass er die Butter nicht einmal gekostet hatte, legte er sich ganz ruhig auf dem Hügel schlafen. Da schlich Reineke sich aber fort nach dem Viertel und erwischte noch ein Klümpchen Butter, das in einer Ritze sitzen geblieben war; damit schlich er sich zurück zu dem Bären, bestrich ihn mit der Butter unten beim Schwanz und legte sich dann wieder schlafen, als wüsste er von nichts.

Als nun beide aufwachten, hatte die Sonne die Butter geschmolzen, und da war's denn gleichwohl der Bär, der die Butter gefressen hatte.

03.
Dezember

Weihnachten

August Heinrich Hoffmann von Fallersleben

Zwar ist das Jahr an Festen reich,
Doch ist kein Fest dem Feste gleich,
Worauf wir Kinder Jahr aus Jahr ein
Stets harren in süßer Lust und Pein.

O schöne, herrliche Weihnachtszeit,
Was bringst du Lust und Fröhlichkeit!
Wenn der heilige Christ in jedem Haus
Teilt seine lieben Gaben aus.

Und ist das Häuschen noch so klein,
So kommt der heilige Christ hinein,
Und alle sind ihm lieb wie die Seinen,
Die Armen und Reichen, die Großen
  und Kleinen.

Der heilige Christ an alle denkt,
Ein jedes wird von ihm beschenkt.
Drum lasst uns freu'n und dankbar sein!
Er denkt auch unser, mein und dein.

04.
Dezember

Das kleine Mädchen mit den Schwefelhölzern

Hans Christian Andersen

Es war so schrecklich kalt; es schneite, und es fing schon an, ganz dunkel zu werden; es war auch der letzte Abend im Jahr, der Silvesterabend. In dieser Kälte und in dieser Dunkelheit ging ein armes kleines Mädchen barhäuptig und mit bloßen Füßen auf der Straße; sie hatte ja freilich Pantoffel angehabt, als sie von Hause wegging, aber was konnte das nützen! Es waren sehr große Pantoffel, die Mutter hatte sie zuletzt benutzt, so groß waren sie, und die verlor die Kleine, als sie über die Straße eilte, weil zwei Wagen so furchtbar schnell vorüberrollten; der eine Pantoffel war nicht wieder zu finden, und mit dem andern lief ein Junge weg, er sagte, er könnte ihn als Wiege gebrauchen, wenn er selbst Kinder bekäme.

Da ging nun das kleine Mädchen auf den bloßen, kleinen Füßen, die rot und blau vor Kälte waren; in einer alten Schürze trug sie eine Menge Schwefelhölzer, und ein Bund hielt sie in der Hand; den ganzen Tag hindurch hatte ihr niemand etwas abgekauft! Niemand hatte ihr auch nur einen Schilling geschenkt! Hungrig und erfroren ging sie umher und sah so eingeschüchtert aus, die arme Kleine! Die Schneeflocken fielen in ihr langes, blondes Haar, das sich im Nacken so hübsch lockte, aber an den Schmuck dachte sie freilich nicht. Aus allen Fenstern strahlte der Lichterglanz, und dann roch es auf der Straße so herrlich nach Gänsebraten; es war ja Silvesterabend, ja daran dachte sie.

In einem Winkel zwischen zwei Häusern, von denen das eine ein wenig mehr vorsprang als das andere, setzte sie sich hin und kauerte sich ganz zusammen; die kleinen Beine hatte sie unter sich in die

Höhe gezogen, aber es fror sie nur noch mehr, und nach Hause zu gehen, wagte sie nicht, sie hatte ja keine Schwefelhölzer verkauft, hatte nicht einen einzigen Schilling bekommen, ihr Vater würde sie schlagen, und kalt war es zu Hause auch, sie hatten nur das Dach gerade über sich, und dadurch pfiff der Wind hinein, obwohl die ärgsten Spalten mit Stroh und Lumpen zugestopft waren.

Ihre kleinen Hände waren fast ganz abgestorben vor Kälte. Ach, ein kleines Streichhölzchen würde guttun! Wenn sie nur den Mut hätte, ein einziges aus dem Bunde herauszuziehen, es an der Wand anzustreichen und die Finger daran zu erwärmen! Ratsch! Wie es sprühte, wie es brannte! Es war eine warme, helle Flamme, ganz wie ein kleines Licht, als sie die Hände darüber hielt; es war ein wunderliches Licht, dem kleinen Mädchen war es, als säße es vor einem großen eisernen Ofen mit blanken Messingkugeln und Messingtrommeln; das Feuer brannte so herrlich und wärmte so gut; nein, was war denn das? – Die Kleine streckte schon die Füße aus, um auch die zu wärmen – da erlosch die Flamme. Der Ofen verschwand, sie saß mit einem kleinen Überrest des abgebrannten Schwefelholzes in der Hand da.

Ein zweites wurde angestrichen, es brannte, es leuchtete, und wo der Schein auf die Mauer fiel, ward sie durchsichtig wie Flor; sie sah gerade in das Zimmer hinein, wo der Tisch gedeckt stand. Ein schimmernd weißes Tischtuch war darüber ausgebreitet, darauf stand feines Porzellan, und herrlich dampfte die gebratene Gans, die mit Äpfeln und Zwetschgen gefüllt war; und was noch prächtiger war, die Gans sprang von der Schüssel herunter und watschelte, ein Messer und eine Gabel im Rücken, durch das Zimmer; direkt auf das arme Mädchen kam sie zu; da erlosch das Streichholz, und es war nur noch die dicke, kalte Mauer zu sehen.

Sie zündete ein neues Streichholz an. Da saß sie unter dem schönsten Christbaum, der war noch größer und noch reicher geschmückt, als wie sie ihn am letzten Weihnachtsfeste bei dem reichen Kaufmann durch die Glastür gesehen hatte; tausend Lichter brannten an den grünen Zweigen, und bunte Bilder, wie sie in den Schaufenstern ausgestellt waren, sahen zu ihr herab. Die Kleine streckte beide Hände aus – da erlosch das Streichholz; die vielen Weihnachtslichter stiegen höher und höher, sie sah, dass sie jetzt die hellen Sterne am Himmel waren, ein Stern fiel nieder und bildete einen langen Feuerstreifen am Himmel.

»Jetzt stirbt jemand!«, sagte das kleine Mädchen, denn die alte Großmutter, die Einzige, die gut gegen sie gewesen, die jetzt aber gestorben war, hatte ihr erzählt:

Wenn ein Stern vom Himmel fällt, fliegt eine Seele zu Gott empor.

Sie strich nochmals ein Hölzchen an der Wand an, es leuchtete ringsumher, und in dem Glanze stand die alte Großmutter so klar und schimmernd, so mild und liebevoll. »Großmutter«, rief die Kleine, »ach, nimm mich mit! Ich weiß, du bist wieder weg, sobald das Streichholz erlischt, weg wie der warme Ofen, der schöne Gänsebraten und der große, schöne Weihnachtsbaum!« – und schnell strich sie den ganzen Rest Streichhölzer an, die noch im Bund waren, sie wollte Großmutter so recht lange festhalten, und die Streichhölzer leuchteten mit einem solchen Glanz, dass es heller war als am hellen Tage. Die Großmutter war noch nie so schön und so groß gewesen. Sie nahm das kleine Mädchen auf ihre Arme, und sie flogen in Glanz und Freude so hoch, so hoch, und da oben war weder Kälte noch Hunger oder Angst – sie waren bei Gott.

Aber im Winkel am Hause saß in der kalten Morgenstunde das kleine Mädchen mit roten Wangen und mit einem Lächeln um den Mund – tot, erfroren am letzten Abend im alten Jahr. Die Neujahrssonne ging über der kleinen Leiche auf, sie saß mit den Streichhölzern da, von denen ein Bund fast abgebrannt war. »Sie hat sich erwärmen wollen«, sagte man; niemand wusste, was sie Schönes gesehen hatte, in welchen Glanz sie mit der Großmutter zur Neujahrsfreude eingegangen war.

05.
Dezember

Bescheidene Frage

Paula Dehmel

Sankt Nikolas, Sankt Nikolas,
bringst du der flinken Grete was?
Sie ist fast immer artig gewesen,
hat fleißig in ihrer Fibel gelesen,
kann das große H schon ganz richtig
schreiben,
wird Ostern gewiss nicht sitzen
bleiben;
Sankt Nikolas, Sankt Nikolas,
schenkst du ihr was?

Sankt Nikolas, Sankt Nikolas,
bringst du dem dicken Peterle was?
Er ist noch zu klein, um zur Schule zu
gehn,
aber beten kann er schon wunder-
schön:
»Lieber Dott, mach alle Menßen dut,
nimm alle unter deinen Hut!«
Sankt Nikolas, Sankt Nikolas,
schenkst du ihm was?

Sankt Nikolas, Sankt Nikolas,
bringst du der kleinen Lene was?
Sie gehört der armen Flick-Marie
und hat schon lange ein schlimmes Knie;
zum Spielen kommt sie gar nicht mehr
raus,
sieht immer so blass und ängstlich
aus.
Sankt Nikolas, Sankt Nikolas,
schenkst du ihr was?

Sankt Nikolas, Sankt Nikolas,
ich wünsch mir selber auch noch was:
möcht in der Weihnacht mit dir gehn,
mir all die fröhlichen Kinder besehn,
wie sie tanzen und tuten, knabbern und
schlucken
und am strahlenden Christbaum die
Wunder angucken.
Sankt Nikolas, Sankt Nikolas,
schenkst du mir das?

06.

Dezember

Aus dem Leben des heiligen Nikolaus

Jacobus De Voraigne

Nikolaus war Bürger der Stadt Patara in Kleinasien und entstammte reichen und frommen Eltern. Sein Vater hieß Epiphanes, seine Mutter Johanna. Als seine Eltern ihn in der Blüte ihrer frühen Jugend gezeugt hatten, führten sie darauf ein keusches und jungfräuliches Leben. Der kleine Nikolaus aber stand schon, als er das erste Mal gebadet wurde, aufrecht in der Wanne. Auch sog er am vierten und sechsten Wochentag nur einmal an der Mutterbrust, denn das waren Fastentage. Als er aber ein junger Mann geworden war, da mied er die ausgelassenen Spiele seiner Altersgenossen, er ging lieber in Kirchen, und getreulich hielt er alles in seinem Gedächtnis fest, was er aus der Heiligen Schrift erfahren konnte. Und als seine Eltern gestorben waren, begann er darüber nachzudenken, wie er eine so große Menge an Reichtum, die sie ihm hinterlassen hatten, verwenden könne, nicht um bei den Menschen, sondern um bei Gott Ruhm und Ehre zu erlangen.

Zur damaligen Zeit sah sich ein adliger Nachbar von ihm gezwungen, aus Geldnot seine drei jungen Töchter Liebesdienste ausführen zu lassen, um sich ernähren zu können. Sobald der Heilige das erfuhr, war er über diesen Frevel empört und warf heimlich des Nachts einen Klumpen Gold, den er in ein Tuch gewickelt hatte, durch ein Fenster ins Haus und verschwand dann ebenso heimlich. Als der Nachbar morgens aufstand, fand er den Klumpen Gold, dankte Gott und richtete seiner erstgeborenen Tochter die Hochzeit. Nicht viel später vollbrachte Nikolaus, der Diener Gottes, eine ähnliche Tat. Der Nachbar fand wieder Gold, brach in überschwängliches Lob aus, doch nahm er sich vor, künftig wach zu bleiben, denn er wollte wissen, welcher Wohltäter seine Not gelindert hatte. Einige Tage später warf Nikolaus einen doppelt so großen Klumpen Gold ins Haus. Durch dieses Geräusch aber wurde der Nachbar wach, er lief dem fliehenden Nikolaus nach und rief: »Bleibe stehen und zeige dich mir!«, und als er näherkam, da erkannte er, dass es Nikolaus war. Er warf sich sogleich vor ihm nieder und wollte die Füße des Heiligen küssen; der aber wehrte ab und verlangte von seinem Nachbarn, er solle niemandem etwas von dieser Wohltat verraten, solange er lebe.

Bald darauf wurde Nikolaus zum Bischof von Myra in Kleinasien gewählt und lebte fromm und in Demut.

Als nun eines Tages Seeleute auf dem Meer in Not waren, da beteten sie unter Tränen: »Nikolaus, Diener Gottes, wenn es wahr ist, was wir über dich hören, so wollen wir es nun in Erfahrung bringen.«

Und sogleich erschien ihnen jemand, der so wie Nikolaus aussah, und sprach: »Seht, hier bin ich, denn ihr habt mich gerufen.« Und er begann, ihnen an den Rahen, Tauen und dem anderen Takelwerk des Schiffes zu helfen, und sogleich ließ der Sturm nach. Als die Seeleute dann zu der Kirche des Heiligen gekommen waren, erkannten sie diesen, ohne ihn je vorher wirklich gesehen zu haben. Da dankten sie Gott und ihm. Der Heilige aber sagte ihnen, sie sollten ihre Rettung dem Erbarmen Gottes und ihrem Glauben zuschreiben, er selbst, Nikolaus, habe daran keinen Anteil.

Einmal auch suchte eine große Hungersnot die Provinz des heiligen Nikolaus heim, sodass es allen an Nahrung mangelte. Als aber der Mann Gottes hörte, dass mit Weizen beladene Schiffe im Hafen angelegt hätten, eilte er flugs dorthin und bat die Seeleute, den hungrigen Menschen zu helfen und ihnen doch wenigstens hundert Scheffel von jedem der Schiffe zu überlassen. Da antworteten jene: »Das wagen wir nicht, Vater, denn in Alexandria wurde alles genau aufgewogen, und wir müssen die ganze Ladung in den Lagerscheunen des Kaisers abliefern.« Darauf entgegnete ihnen der Heilige: »Macht, wie ich es euch sage, und ich verspreche euch bei der Macht Gottes, dass euch bei den kaiserlichen Verwaltern nichts von der Ladung fehlen wird.« Das taten denn auch die Seeleute, und als sie den kaiserlichen Verwaltern die Ladung abgeliefert hatten, da war es genau die Menge, die sie in Alexandria geladen hatten. Da erzählten sie von dem Wunder, und in den höchsten Tönen lobten sie Gott in seinem Diener. Der Mann Gottes aber verteilte das Getreide jedem nach seiner Bedürftigkeit, sodass es auf wunderbare Weise für zwei Jahre nicht nur zur Nahrung ausreichte, sondern auch noch reichlich als Saat übrig blieb.

Auch nach seinem Tode noch vollbrachte der heilige Nikolaus viele Wunder. So beging ein Mann aus Liebe zu seinem Sohn, der die Wissenschaften erlernte, jedes Jahr feierlich das Fest des heiligen Nikolaus. Nun hatte der Vater wieder einmal ein Mahl herrichten lassen und viele Geistliche eingeladen. Es kam aber auch der Teufel in Gestalt eines Pilgers an die Tür und erbat sich ein Almosen. Und der Vater hieß sogleich seinen Sohn, dem Pilger ein Almosen zu geben. Der Sohn eilte zur Tür, und da er den Pilger dort nicht mehr vorfand, lief er ihm hinterher. An einer Wegkreuzung aber ergriff der Teufel den Jungen und erwürgte ihn. Als der Vater dies hörte, brach er in lautes Wehklagen aus, holte den Leichnam und legte ihn ins Schlafgemach. Vor Schmerz begann er laut zu klagen: »Geliebter Sohn, wie steht es nun um dich! Ist das der Lohn für die Ehre, heiliger Nikolaus, die ich dir so lange erwiesen habe?« Und als er diese und noch weitere Wehklagen ausstieß, da öffnete der Knabe sogleich die Augen und stand auf, als hätte er nur geschlafen.

07.
Dezember

Knecht Ruprecht

Theodor Storm

Von drauß' vom Walde komm ich her;
Ich muss euch sagen, es weihnachtet sehr!
Allüberall auf den Tannenspitzen
Sah ich goldene Lichtlein sitzen;
Und droben aus dem Himmelstor
Sah mit großen Augen das Christkind hervor,
Und wie ich so strolcht durch den finstern Tann,
Da rief's mich mit heller Stimme an.
»Knecht Ruprecht«, rief es, »alter Gesell,
Hebe die Beine und spute dich schnell!
Die Kerzen fangen zu brennen an,
Das Himmelstor ist aufgetan,
Alt' und Junge sollen nun
Von der Jagd des Lebens einmal ruhn;
Und morgen flieg ich hinab zur Erden,
Denn es soll wieder Weihnachten werden!«

Ich sprach: »O lieber Herre Christ,
Meine Reise fast zu Ende ist;
Ich soll nur noch in diese Stadt,
Wo's eitel gute Kinder hat.«
– »Hast denn das Säcklein auch bei dir?«
Ich sprach: »Das Säcklein, das ist hier;
Denn Äpfel, Nuss und Mandelkern
Fressen fromme Kinder gern.«
– »Hast denn die Rute auch bei dir?«
Ich sprach: »Die Rute, die ist hier;
Doch für die Kinder nur, die schlechten,
Die trifft sie auf den Teil, den rechten.«
Christkindlein sprach: »So ist es recht;
So geh mit Gott, mein treuer Knecht!«
Von drauß' vom Walde komm ich her;
Ich muss euch sagen, es weihnachtet sehr!
Nun sprecht, wie ich's hierinnen find!
Sind's gute Kind, sind's böse Kind?

08.

Dezember

Der kleine Tannenbaum

Manfred Kyber

Es war einmal ein kleiner Tannenbaum im tiefen Tannenwalde, der wollte so gerne ein Weihnachtsbaum sein. Aber das ist gar nicht so leicht, als man das meistens in der Tannengesellschaft annimmt, denn der heilige Nikolaus ist in der Beziehung sehr streng und erlaubt nur den Tannen als Weihnachtsbaum in Dorf und Stadt zu spazieren, die dafür ganz ordnungsmäßig in seinem Buch aufgeschrieben sind. Das Buch ist ganz erschrecklich groß und dick, so wie sich das für einen guten alten Heiligen geziemt, und damit geht er im Walde herum in den klaren kalten Winternächten und sagt es allen den Tannen, die zum Weihnachtsfeste bestimmt sind. Und dann erschauern die Tannen, die zur Weihnacht erwählt sind, vor Freude und neigen sich dankend und dazu leuchtet des Heiligen Heiligenschein, und das ist sehr schön und sehr feierlich.

Und der kleine Tannenbaum im tiefen Tannenwalde, der wollte so gerne ein Weihnachtsbaum sein.

Aber manches Jahr schon ist der Heilige Nikolaus in den klaren kalten Winternächten an dem kleinen Tannenbaum vorbeigegangen und hat wohl ernst und geschäftig in sein erschrecklich großes Buch geguckt, aber auch nichts und gar nichts dazu gesagt. Der arme kleine Tannenbaum war eben nicht ordnungsmäßig vermerkt – und da ist er sehr, sehr traurig geworden und hat ganz schrecklich geweint, sodass es ordentlich tropfte von allen Zweigen.

Wenn jemand so weint, dass es tropft, so hört man das natürlich, und diesmal hörte das ein kleiner Wicht, der ein grünes Moosröcklein trug, einen grauen Bart und eine feuerrote Nase hatte und in einem dunklen

Erdloch wohnte. Das Männchen aß Haselnüsse, am liebsten hohle, und las Bücher, am liebsten dicke, und war ein ganz boshaftes kleines Geschöpf. Aber den Tannenbaum mochte es gerne leiden, weil es oft von ihm ein paar grüne Nadeln geschenkt bekam für sein gläsernes Pfeifchen, aus dem es immer blaue ringelnde Rauchwolken in die goldene Sonne blies – und darum ist der Wicht auch gleich herausgekommen, als er den Tannenbaum so jämmerlich weinen hörte und hat gefragt: »Warum weinst du denn so erschrecklich, dass es tropft?«

Da hörte der kleine Tannenbaum etwas auf zu tropfen und erzählte dem Männchen sein Herzeleid. Der Wicht wurde ganz ernst und seine glühende Nase glühte so sehr, dass man befürchten konnte, das Moosröcklein finge Feuer, aber es war ja nur die Begeisterung und das ist nicht gefährlich. Der Wichtelmann war also begeistert davon, dass der kleine Tannenbaum im tiefen Tannenwalde so gerne ein Weihnachtsbaum sein wollte, und sagte bedächtig, indem er sich aufrichtete und ein paarmal bedeutsam schluckte:

»Mein lieber kleiner Tannenbaum, es ist zwar unmöglich, dir zu helfen, aber ich bin eben ich und mir ist es vielleicht doch nicht unmöglich, dir zu helfen. Ich bin nämlich mit einigen Wachslichtern, darunter mit einem ganz bunten, befreundet, und die will ich bitten, zu dir zu kommen. Auch kenne ich ein großes Pfefferkuchenherz, das allerdings nur flüchtig – aber jedenfalls will ich sehen, was sich machen lässt. Vor allem aber weine nicht mehr so erschrecklich, dass es tropft.«

Damit nahm der kleine Wicht einen Eiszapfen in die Hand als Spazierstock und wanderte los durch den tiefen weiß verschneiten Wald, der fernen Stadt zu.

Es dauerte sehr, sehr lange, und am Himmel schauten schon die ersten Sterne der

Heiligen Nacht durchs winterliche Dämmergrau auf die Erde hinab, und der kleine Tannenbaum war schon wieder ganz traurig geworden und dachte, dass er nun doch wieder kein Weihnachtsbaum sein würde. Aber da kam's auch schon ganz eilig und aufgeregt durch den Schnee gestapft, eine ganze kleine Gesellschaft: der Wicht mit dem Eiszapfen in der Hand und hinter ihm sieben Lichtlein – und auch eine Zündholzschachtel war dabei, auf der sogar was draufgedruckt war und die so kurze Beinchen hatte, dass sie nur mühsam durch den Schnee wackeln konnte.

Wie sie nun alle vor dem kleinen Tannenbaum standen, da räusperte sich der kleine Wicht im Moosröcklein vernehmlich, schluckte ein paarmal gar bedeutsam und sagte:

»Ich bin eben ich – und darum sind auch alle meine Bekannten mitgekommen. Es sind sieben Lichtlein aus allervornehmstem

Wachs, darunter sogar ein buntes, und auch die Zündholzschachtel ist aus einer ganz besonders guten Familie, denn sie zündet nur an der braunen Reibfläche. Und jetzt wirst du also ein Weihnachtsbaum werden. Was aber das große Pfefferkuchenherz betrifft, das ich nur flüchtig kenne, so hat es auch versprochen zu kommen, es wollte sich nur noch ein Paar warme Filzschuhe kaufen, weil es gar so kalt ist draußen im Walde. Eine Bedingung hat es freilich gemacht: Es muss gegessen werden, denn das müssen alle Pfefferkuchenherzen, das ist nun mal so. Ich habe schon einen Dachs benachrichtigt, den ich sehr gut kenne und dem ich einmal in einer Familienangelegenheit einen guten Rat gegeben habe. Er liegt jetzt im Winterschlaf, doch versprach er, als ich ihn weckte, das Pfefferkuchenherz zu speisen. Hoffentlich verschläft er's nicht!«

Als das Männchen das alles gesagt hatte, räusperte es sich wieder vernehmlich und schluckte ein paarmal gar bedeutsam und dann verschwand es im Erdloch. Die Lichtlein aber sprangen auf den kleinen Tannenbaum hinauf und die Zündholzschachtel, die aus so guter Familie war, zog sich ein Zündholz nach dem anderen aus dem Magen, strich es an der braunen Reibfläche und steckte alle die Lichtlein der Reihe nach an. Und wie die Lichtlein brannten und leuchteten im tief verschneiten Walde, da ist auch noch keuchend und atemlos vom eiligen Laufen das Pfefferkuchenherz angekommen und hängte sich sehr freundlich und verbindlich mitten in den grünen Tannenbaum, trotzdem es nun doch die warmen Filzschuhe unterwegs verloren hatte und arg erkältet war. Der kleine Tannenbaum aber, der so gerne ein Weihnachtsbaum sein wollte, der wusste gar nicht, wie ihm geschah, dass er nun doch ein Weihnachtsbaum war.

Am anderen Morgen aber ist der Dachs aus seiner Höhle gekrochen, um sich das Pfefferkuchenherz zu holen. Und wie er ankam, da hatten es die kleinen Englein schon gegessen, die ja in der Heiligen Nacht auf die Erde dürfen und die so gerne die Pfefferkuchenherzen speisen. Da ist der Dachs sehr böse geworden und hat sich bitter beklagt und ganz furchtbar auf den kleinen Tannenbaum geschimpft.

Dem aber war das ganz einerlei, denn wer einmal in seinem Leben seine heilige Weihnacht gefeiert hat, den stört auch der frechste Frechdachs nicht mehr.

09.
Dezember

Das Weihnachtsbäumlein

Christian Morgenstern

Es war einmal ein Tännelein
mit braunen Kuchenherzlein
und Glitzergold und Äpflein fein
und vielen bunten Kerzlein:
Das war am Weihnachtsfest so grün
als fing es eben an zu blühn.

Doch nach nicht gar zu langer Zeit,
da stand's im Garten unten,
und seine ganze Herrlichkeit
war, ach, dahingeschwunden,
die grünen Nadeln war'n verdorrt,
die Herzlein und die Kerzlein fort.

Bis eines Tags der Gärtner kam,
den fror zu Haus im Dunkeln,
und es in seinen Ofen nahm –
Hei! Tat's da sprühn und funkeln!
Und flammte jubelnd himmelwärts
in hundert Flämmlein an Gottes Herz.

10.
Dezember

Die Sterntaler

Jacob und Wilhelm Grimm

Es war einmal ein kleines Mädchen, dem war Vater und Mutter gestorben, und es war so arm, dass es kein Kämmerchen mehr hatte, darin zu wohnen, und kein Bettchen mehr, darin zu schlafen, und endlich gar nichts mehr als die Kleider auf dem Leib und ein Stückchen Brot in der Hand, das ihm ein mitleidiges Herz geschenkt hatte. Es war aber gut und fromm. Und weil es so von aller Welt verlassen war, ging es im Vertrauen auf den lieben Gott hinaus ins Feld. Da begegnete ihm ein armer Mann, der sprach: »Ach, gib mir etwas zu essen, ich bin so hungrig.« Es reichte ihm das ganze Stückchen Brot und sagte: »Gott segne dir's«, und ging weiter. Da kam ein Kind, das jammerte und sprach: »Es friert mich so an meinem Kopfe, schenk mir etwas, womit ich ihn bedecken kann.« Da tat es seine Mütze ab und gab sie ihm. Und als es noch eine Weile gegangen war, kam wieder ein Kind und hatte kein Leibchen an und fror; da gab es ihm seins; und noch weiter, da bat eins um ein Röcklein, das gab es auch von sich hin. Endlich gelangte es in einen Wald, und es war schon dunkel geworden, da kam noch eins und bat um ein Hemdlein, und das fromme Mädchen dachte: »Es ist dunkle Nacht, da sieht dich niemand, du kannst wohl dein Hemd weggeben«, und zog das Hemd ab und gab es auch noch hin. Und wie es so stand und gar nichts mehr hatte, fielen auf einmal die Sterne vom Himmel und waren lauter harte blanke Taler: Und ob es gleich sein Hemdlein weggegeben, so hatte es ein neues an, und das war vom allerfeinsten Linnen. Da sammelte es sich die Taler hinein und war reich für sein Lebtag.

11.

Dezember

Eine Weihnachtsstunde

Richard Dehmel

Lass, Liebster, die Lampe noch stehen
und rücke mit mir zum Kamin,
und lass in die Flammen uns sehen
und lauschen dem Zauber darin!

Und lege dein Haupt ans Herz mir
und blicke nicht traurig drein,
dass wir am Heiligen Abend
im Dunkeln sitzen! allein!

Horch, wie im Ofen wispert
die Glut ihr heimlich Lied!
schau, wie ein Lichterreigen
über die Diele zieht!

Draus schwillt's wie ein Singen und Weben
von Märchenherrlichkeit,
drin spielt's wie ein Schwingen und
Schweben
von Träumen der Kinderzeit:

als wir noch fromm gebetet
zum lieben Jesuchrist,
der für uns arme Sünder
vom Himmel kommen ist, –

als wir noch nicht verstanden,
warum auf Golgatha
ein brechend Menschenauge
einst mild zur Erde sah.

Und denke der großen Liebe,
die treu bis in den Tod
gerungen und gelitten
für all der Brüder Not!

Und denke des großen Glaubens,
den Er zur Menschheit trug
noch in der letzten Stunde,
da man ans Kreuz ihn schlug!

Und blicke nicht trüb, mein Liebster,
dass Du noch ringst allein!
und hoffe wie Er, dass einstens
die Goldne Zeit wird sein! – –

Nun sehe dein Auge ich leuchten
und strahlen Eigne Glut,
nun richtet das Haupt dir wieder
empor der alte Mut.

Du bist mein Stolzer, mein Starker!
du führst es alles aus!
Oh gründe und baue nur weiter
an deinem stolzen Haus! –

Und übers Jahr ist's anders –
Neig' her dein Ohr geschwind:
da schmücken wir ein Bäumchen
für ein lieb Menschenkind.

12.

Dezember

Die Mär vom Geiger, der drei Herzen hatte

Ernest van der Hallen

Es war einmal im guten Land Brabant ein Knabe, von dem man sich erzählte, dass er drei Herzen habe statt des einen wie jeder andere Mensch. Schon früh spürte er in seiner Brust andauernd einen stechenden Schmerz und ein Gewicht, dessen Ursache erst viel später ein Arzt entdeckte: Eines Tages, als der Knabe krank war, bemerkte nämlich der Arzt, dass die drei Herzen von reinem, schwerem Gold waren. Das kam ihm gar seltsam vor. Aber man sorgte in der Umgebung des Knaben dafür, dass niemand so wenig wie er selbst das wunderbare Begebnis auch nur ahnte.

Dazu kam noch, dass dieser Junge in seiner Art sich sehr unterschied von den Kameraden seines Alters: Er war sehr zart und gutartig und nie zu Gewalt oder lauten Worten geneigt, wie man das gewöhnlich bei Knaben sieht. Wo er Unrecht sah, trachtete er freundlich zuredend den Übeltäter zu bewegen, das Böse wiedergutzumachen, wer sich einsam fühlte oder Kummer hatte, kam zu ihm. Und es hatte sich verbreitet, dass er überaus mild und freundlich besonders zu den Armen und Bedrückten war.

Den geheimnisvollen Grund dieser wunderbaren Erscheinung kannten nur wenige, aber euch will ich es erzählen: Als er noch ein ganz kleiner Junge war, lief er eines Tages allein durch den Wald, und da, an einem Kreuzpunkt vierer Wege, begegnete er Gott.

»Bist du es, Gott?«, fragte er.

»Ich bin es«, antwortete der Herr, und er lächelte, »wer mir einmal ins Antlitz schaut, wird ein ganz neuer Mensch. Schau mich an und vergiss dein ganzes Leben diesen Augenblick nicht mehr.« Dann beugte die Gestalt sich über ihn und berührte mit dem Finger die Stelle seines Herzens.

Von diesem Augenblick an besaß er die Gabe, wie jung er auch noch war, die tiefsten und verborgensten Geheimnisse des Menschenherzens auf der Geige auszusprechen. Wenn er spielte, brauchte er sich nur an Gottes Antlitz zu erinnern. Und kurz darauf entdeckte nun der Arzt, dass dieser Knabe drei Herzen hatte; drei Herzen von reinem, schwerem Gold.

Er wurde langsam ein Mann und gewann bald großen Ruf. Er spielte vor Königen und Edelleuten; er spielte vor berühmten Meistern, vor reichen, edlen Frauen und Männern der Kunst. Wer ihn einmal hörte, vergaß nie mehr seine Musik: Sie war wie plötzlich aufleuchtender dunkelblauer Edelstein; oder vielleicht waren es große weiße Augen; ein Blitz im Blut; Erschütterungen eines wunderbaren fremden Glücks, wovon niemand ahnte, ob es eine große Freude war oder ein tiefes Leid. Funken wie Raketen und Feuersprenkel sprühten aus seiner Geige. Eine Wiese glänzte auf mit blühenden Vergissmeinnicht, ein roter Abend leuchtete über dem Land. Es knatterte ein Segel in dem kühlen Morgen; Fanfaren schmetterten hinter den Bergen. Etwas Schwingendes, etwas Loderndes; kühle weiße Gänge, ein ferner Duft von Syringen. Wenn er spielte, war es, als wenn sich eine unendliche Tiefe vor ihm auftat; er kniete vor Gottes Thron. Gottes duftender Atem war über ihm, und Er flüsterte ihm Sein Geheimnis ins Ohr.

Er gewann Geld und Gut mit seinem Spiel, aber er blieb einfach und mild. Er empfing Blumen wie ein Fürst, den man zu Grabe trägt, und Frauen lagen zu seinen Füßen. Aber das Gold verschenkte er an Arme und Krankenhäuser. Die Königin sandte ihm einmal nach einem Konzert den kostbaren Edelstein, der auf ihrer Brust funkelte, aber er gab ihn fort an einen Bettler. Auf seinen Wegen küssten die Frauen seine Hände, und die Kinder umdrängten ihn.

Das währte viele Jahre. Aber da kam eine Zeit, und er fühlte, wie seine Mannesjahre langsam vorübergingen, seine Augen trübten sich, seine Haare wurden weiß, seine Hände begannen zu zittern, und tiefe Runzeln bildeten sich über seinen Augen. Da gab es Tage, an denen er sich unsäglich müde fühlte, an denen er die Noten nicht mehr lesen konnte und seine Hände nicht mehr ihres Weges sicher waren über die Saiten. Es kam eine Zeit, in der der Künstler in Vergessenheit geriet und arm wurde. Aber auf die eine oder andere wunderbare Art schien sein Reichtum nicht abzunehmen; er hatte immer alles, was er gewann, fortgeschenkt; und doch blieb er mild und freigebig wie früher, nun wo das Gold nicht mehr zu ihm strömte. Wie früher gab er auch heute noch mit vollen Händen allen Armen, die zu ihm kamen. Aber niemand vermochte zu ahnen, woher es kam, dass seine Hand immer aufs Neue gefüllt war, und woher er das Geld nahm, das er so mild verstreute.

Nun müsst ihr gut achtgeben: Nach Jahren geschah es, dass dieser Künstler schwer erkrankte, und der Arzt, der ihn untersuchte, fand, dass sein Herz fast ganz aufgezehrt war; das Stückchen Herz, das ihm noch übrig blieb – ich vergaß zu sagen, dass dieser Doktor nichts von seinem Geheimnis wusste –, das musste er sorglich und umsichtig sparen; es würde ihn sonst leicht das Leben kosten. Ja, nun zeigte es sich, dass er fast drei Mal bedenkenlos sein Herz weggegeben hatte.

Es wurde Herbst, und bald darauf war es Winter. Eine unheimliche Zeit für einen, der alles, was er besaß, und darüber hinaus sein eigenes Herz ohne zu messen und zu rechnen weggeschenkt hat an die anderen. Es war nicht gut für den einsamen alten Geigenspieler, allein zu sein, wenn der Wind am Fenster summte und viele Stimmen riefen draußen in der Nacht.

Jetzt war es Weihnachten, und der alte Geigenspieler saß in seinem einsamen Haus und sann darüber nach, wie es gewesen war, als er in seinen Kinderjahren allein im Walde ging und ihm am Kreuzpunkt von vier Wegen Gott entgegenkam. Es war schwer gewesen, anders zu sein als die anderen, drei Herzen in sich zu tragen, die Leid und Sorge dreifach machten, und die ewige Erinnerung an Gottes Antlitz, das sein Leben lang wie ein Zwang vor ihm gestanden hatte, sobald seine Finger in die Saiten seiner Geige griffen.

Es war Weihnachten, und die Klänge schwangen summend zwischen Himmel und Erde, wie wenn das Herz der Erde pocht. Müde stand der alte Geigenspieler auf und schleppte sich mühsam hinaus in die kühle Nacht, die erfüllt war vom Hämmern der Glocken, die zur Kirche riefen. In der Ferne winkte ihm Gottes leuchtendes Antlitz ernst und mild. Mühsam und keuchend ging er den Weg entlang, an dem er seit Jahren Tag für Tag vorbeizukommen pflegte; nun noch eine Brücke, und dann würde die Kirche dort in der Ferne vor ihm aufleuchten. Eben verwunderte er sich darüber, dass auch heute am Brückenrand in der kalten Dunkelheit dieser Nacht der alte verwahrloste Bettler lag, dem er jeden Tag ein Almosen zu geben pflegte. Aus Gewohnheit tastete er in seine Tasche, als der Mann die Hand ausstreckte, aber er fand nichts; sein letztes Stückchen Gold hatte er schon lange weggegeben, und den winzigen Rest, den er in seiner Brust trug, musste er sorgsam sparen. Sein Leben hing daran.

Er lächelte bei diesem Gedanken. Zum ersten Mal in seinem Leben sollte er jemand ein Almosen versagen. Musste er es eigentlich versagen?, überlegte er; was gab er um das Klümpchen Gold da drinnen? Er war ein alter Mann, müde und verbraucht. Seit Langem erinnerte er sich nicht mehr an Gottes Antlitz; was er besaß, hatte er weggegeben: den Frieden und die Unruhe, die Freude und das Leid, die den Menschen in Besitz nehmen, wenn er in den Bann der Musik gerät – und drei Mal ein Menschenherz. War es wirklich so wichtig, ob ein Mensch sein Herz geizig für sich aufsparte, um sein Leben noch ein paar Tage zu verlängern?

Er überlegte nur einen Augenblick, und dann reichte er dem Bettler ein kleines Stückchen Gold, daran etwas Blut klebte. Auf einmal erschien ein helles Licht, das ihn wie ein Blitz umzüngelte; Gottes Antlitz leuchtete auf, wo eben noch das schmutzige, alte Gesicht des Bettlers zu ihm aufgeschaut hatte. Plötzlich verstummten die Weihnachtsglocken, Gottes Antlitz lächelte wie früher, als er klein war und Gott im Wald begegnete; und zu gleicher Zeit versank die Welt um ihn.

Etwas später fanden die Kirchgänger, die aus der Christmette kamen, den alten Künstler und den Bettler neben der Brücke liegen; sie waren schon kalt, und sie hielten einander lächelnd bei der Hand.

13.

Dezember

Weihnachten

Kurt Tucholsky

So steh ich nun vor deutschen
Trümmern
und sing mir still mein Weihnachtslied.
Ich brauch mich nicht mehr drum zu
kümmern,
was weit in aller Welt geschieht.
Die ist den andern. Uns die Klage.
Ich summe leis, ich merk es kaum,
die Weise meiner Jugendtage:
O Tannebaum!

Wenn ich so der Knecht Ruprecht wäre
und käm in dies Brimborium
– bei Deutschen fruchtet keine Lehre –
weiß Gott! ich kehrte wieder um.
Das letzte Brotkorn geht zur Neige.
Die Gasse grölt. Sie schlagen Schaum.
Ich hing sie gern in deine Zweige,
o Tannebaum!

Ich starre in die Knisterkerzen:
Wer ist an all dem Jammer schuld?
Wer warf uns so in Blut und Schmerzen?
Uns Deutsche mit der Lammsgeduld?
Die leiden nicht. Die warten bieder.
Ich träume meinen alten Traum:
Schlag, Volk, den Kastendünkel nieder!
Glaub diesen Burschen nie, nie wieder!
Dann sing du frei die Weihnachtslieder:
O Tannebaum! O Tannebaum!

14.
Dezember

Die heilige Nacht

Selma Lagerlöf

Als ich fünf Jahre alt war, hatte ich einen großen Kummer. Ich weiß kaum, ob ich seitdem einen größeren gehabt habe. Das war, als meine Großmutter starb. Bis dahin hatte sie jeden Tag auf dem Ecksofa in ihrer Stube gesessen und Märchen erzählt. Ich weiß es nicht anders, als dass Großmutter dasaß und erzählte, vom Morgen bis zum Abend, und wir Kinder saßen still neben ihr und hörten zu. Das war ein herrliches Leben. Es gab keine Kinder, denen es so gut ging wie uns.

Ich erinnere mich nicht an sehr viel von meiner Großmutter. Ich erinnere mich, dass sie schönes kreideweißes Haar hatte und dass sie sehr gebückt ging und dass sie immer dasaß und an einem Strumpf strickte.

Dann erinnere ich mich auch, dass sie, wenn sie ein Märchen erzählt hatte, ihre Hand auf meinen Kopf zu legen pflegte, und dann sagte sie: »Und das alles ist so wahr, wie dass ich dich sehe und du mich siehst.«

Ich entsinne mich auch, dass sie schöne Lieder singen konnte, aber das tat sie nicht alle Tage. Eines dieser Lieder handelte von einem Ritter und einer Meerjungfrau, und es hatte den Kehrreim: »Es weht so kalt, es weht so kalt, wohl über die weite See.«

Dann entsinne ich mich eines kleinen Gebets, das sie mich lehrte, und eines Psalmverses.

Von allen den Geschichten, die sie mir erzählte, habe ich nur eine schwache, unklare Erinnerung. Nur an eine einzige von ihnen erinnere ich mich so gut, dass ich sie erzählen könnte. Es ist eine kleine Geschichte von Jesu Geburt. Seht, das ist beinahe alles, was ich noch von meiner Großmutter weiß, außer dem, woran ich mich am besten erinnere, nämlich dem großen Schmerz, als sie dahinging.

Ich erinnere mich an den Morgen, an dem das Ecksofa leer stand und es unmöglich war, zu begreifen, wie die Stunden des Tages zu Ende gehen sollten. Daran erinnere ich mich. Das vergesse ich nie.

Und ich erinnere mich, dass wir Kinder hingeführt wurden, um die Hand der Toten zu küssen. Und wir hatten Angst, es zu tun, aber da sagte uns jemand, dass wir nun zum letzten Mal Großmutter für alle die Freude danken könnten, die sie uns gebracht hatte. Und ich erinnere mich, wie Märchen und Lieder vom Hause wegfuhren, in einen langen schwarzen Sarg gepackt, und niemals wiederkamen.

Ich erinnere mich, dass etwas aus dem Leben verschwunden war. Es war, als hätte sich die Tür zu einer ganzen schönen, verzauberten Welt geschlossen, in der wir früher frei aus- und eingehen durften. Und nun gab es niemand mehr, der sich darauf verstand, diese Tür zu öffnen. Und ich erinnere mich, dass wir Kinder so allmählich lernten, mit Spielzeug und Puppen zu spielen und zu leben wie andere Kinder auch, und da konnte es ja den Anschein haben, als vermissten wir Großmutter nicht mehr, als erinnerten wir uns nicht mehr an sie.

Aber noch heute, nach vierzig Jahren, wie ich dasitze und die Legenden über Christus sammle, die ich drüben im Morgenland gehört habe, wacht die kleine Geschichte von Jesu Geburt, die meine Großmutter zu erzählen pflegte, in mir auf.

Und ich bekomme Lust, sie noch einmal zu erzählen und sie auch in meine Sammlung mit aufzunehmen.

Es war an einem Weihnachtstag, alle waren zur Kirche gefahren, außer Großmutter und mir. Ich glaube, wir beide waren im ganzen Hause allein. Wir hatten nicht mitfahren können, weil die eine zu jung und die andere zu alt war. Und alle beide waren wir betrübt, dass wir nicht zum Mettegesang fahren und die Weihnachtslichter sehen konnten.

Aber wie wir so in unserer Einsamkeit saßen, fing Großmutter zu erzählen an.

»Es war einmal ein Mann«, sagte sie, »der in die dunkle Nacht hinausging, um sich Feuer zu leihen. Er ging von Haus zu Haus und klopfte an. ›Ihr lieben Leute, helft mir!‹, sagte er. ›Mein Weib hat eben ein Kindlein geboren, und ich muss Feuer anzünden, um es und den Kleinen zu erwärmen.‹

Aber es war tiefe Nacht, sodass alle Menschen schliefen, und niemand antwortete ihm.

Der Mann ging und ging. Endlich erblickte er in weiter Ferne einen Feuerschein. Da wanderte er dieser Richtung zu und sah, dass das Feuer im Freien brannte.

Eine Menge weißer Schafe lag rings um das Feuer und schlief, und ein alter Hirt wachte über der Herde. Als der Mann, der Feuer leihen wollte, zu den Schafen kam, sah er, dass drei große Hunde zu Füßen des Hirten ruhten und schliefen. Sie erwachten alle drei bei seinem Kommen und sperrten ihre weiten Rachen auf, als ob sie bellen wollten, aber man vernahm keinen Laut. Der Mann sah, dass sich die Haare auf ihrem Rücken sträubten, er sah, wie ihre scharfen Zähne funkelnd weiß im Feuerschein leuchteten, und wie sie auf ihn losstürzten. Er fühlte, dass einer nach seiner Hand und dass einer sich an seine Kehle hängte. Aber die Kinnladen und die Zähne, mit denen die Hunde beißen wollten, gehorchten ihnen nicht, und der Mann litt nicht den kleinsten Schaden.

Nun wollte der Mann weitergehen, um das zu finden, was er brauchte. Aber die Schafe lagen so dicht nebeneinander, Rücken an Rücken, dass er nicht vorwärtskommen konnte. Da stieg der Mann auf die Rücken der Tiere und wanderte über sie hin dem Feuer zu. Und keins von den Tieren wachte auf oder regte sich.«

So weit hatte Großmutter ungestört erzählen können, aber nun konnte ich es nicht lassen, sie zu unterbrechen. »Warum regten sie sich nicht, Großmutter?«, fragte ich.

»Das wirst du nach einem Weilchen schon erfahren«, sagte Großmutter und fuhr mit ihrer Geschichte fort. »Als der Mann fast beim Feuer angelangt war, sah der Hirt auf. Es war ein alter, mürrischer Mann, der unwirsch und hart gegen alle Menschen war. Und als er einen Fremden kommen sah, griff er nach seinem langen, spitzigen Stabe, den er in der Hand zu halten pflegte, wenn er seine Herde hütete, und warf ihn nach ihm. Und der Stab fuhr zischend gerade auf den Mann los, aber ehe er ihn traf, wich er zur Seite und sauste, an ihm vorbei, weit über das Feld.«

Als Großmutter so weit gekommen war, unterbrach ich sie abermals. »Großmutter, warum wollte der Stock den Mann nicht schlagen?« Aber Großmutter ließ es sich nicht einfallen, mir zu antworten, sondern fuhr mit ihrer Erzählung fort.

»Nun kam der Mann zu dem Hirten und sagte zu ihm: ›Guter Freund, hilf mir und leih mir ein wenig Feuer. Mein Weib hat eben ein Kindlein geboren, und ich muss Feuer machen, um es und den Kleinen zu erwärmen.‹ Der Hirt hätte am liebsten Nein gesagt, aber als er daran dachte, dass die Hunde dem Manne nicht hatten schaden können, dass die Schafe nicht vor ihm davongelaufen waren und dass sein Stab ihn nicht fällen wollte, da wurde ihm ein wenig bange, und er wagte es nicht, dem Fremden das abzuschlagen, was er begehrte. ›Nimm, so viel du brauchst‹, sagte er zu dem Manne.

Aber das Feuer war beinahe ausgebrannt. Es waren keine Scheite und Zweige mehr übrig, sondern nur ein großer Gluthaufen, und der Fremde hatte weder Schaufel noch Eimer, worin er die roten Kohlen hätte tragen können. Als der Hirt dies sah, sagte er abermals: ›Nimm, so viel du brauchst!‹ Und er freute sich, dass der Mann kein Feuer wegtragen konnte. Aber der Mann beugte sich hinunter, holte die Kohlen mit bloßen Händen aus der Asche und legte sie in seinen Mantel. Und weder versengten die Kohlen seine Hände, als er sie berührte, noch versengten sie seinen Mantel, sondern der Mann trug sie fort, als wenn es Nüsse oder Äpfel gewesen wären.«

Aber hier wurde die Märchenerzählerin zum dritten Mal unterbrochen. »Großmutter, warum wollte die Kohle den Mann nicht brennen?« »Das wirst du schon hören«, sagte Großmutter, und dann erzählte sie weiter.

»Als dieser Hirt, der ein so böser, mürrischer Mann war, dies alles sah, begann er sich bei sich selbst zu wundern: ›Was kann dies für eine Nacht sein, wo die Hunde die Schafe nicht beißen, die Schafe nicht erschrecken, die Lanze nicht tötet und das Feuer nicht brennt?‹ Er rief den Fremden zurück und sagte zu ihm: ›Was ist dies für eine Nacht? Und woher kommt es, dass alle Dinge dir Barmherzigkeit zeigen?‹

Da sagte der Mann: ›Ich kann es dir nicht sagen, wenn du selber es nicht siehst.‹ Und er wollte seiner Wege gehen, um bald ein Feuer anzünden und Weib und Kind wärmen zu können.

Aber da dachte der Hirt, er wolle den Mann nicht ganz aus dem Gesicht verlieren, bevor er erfahren hätte, was dies alles bedeute. Er stand auf und ging ihm nach, bis er dorthin kam, wo der Fremde daheim war. Da sah der Hirt, dass der Mann nicht einmal eine Hütte hatte, um darin zu wohnen, sondern er hatte sein Weib und sein Kind in einer Berggrotte liegen, wo es nichts gab als nackte, kalte Steinwände.

Aber der Hirt dachte, dass das arme unschuldige Kindlein vielleicht dort in der Grotte erfrieren würde, und obgleich er ein harter Mann war, wurde er davon doch ergriffen und beschloss, dem Kinde zu helfen. Und er löste sein Ränzel von der Schulter und nahm daraus ein weiches weißes Schaffell hervor. Das gab er dem fremden Mann und sagte, er möge das Kind darauf betten.

Aber in demselben Augenblick, in dem er zeigte, dass auch er barmherzig sein konnte, wurden ihm die Augen geöffnet, und er sah, was er vorher nicht hatte sehen, und hörte, was er vorher nicht hatte hören können.

Er sah, dass rund um ihn ein dichter Kreis von kleinen, silberbeflügelten Englein stand. Und jedes von ihnen hielt ein Saitenspiel in der Hand, und alle sangen sie mit lauter Stimme, dass in dieser Nacht der Heiland geboren wäre, der die Welt von ihren Sünden erlösen solle.

Da begriff er, warum in dieser Nacht alle Dinge so froh waren, dass sie niemand etwas zuleide tun wollten. Und nicht nur rings um den Hirten waren Engel, sondern er sah sie überall. Sie saßen in der Grotte, und sie saßen auf dem Berge, und sie flogen unter dem Himmel. Sie kamen in großen Scharen über den Weg gegangen, und wie sie vorbeikamen, blieben sie stehen und warfen einen Blick auf das Kind.

Es herrschte eitel Jubel und Freude und Singen und Spiel, und das alles sah er in der dunklen Nacht, in der er früher nichts zu gewahren vermocht hatte. Und er wurde so froh, dass seine Augen geöffnet waren, dass er auf die Knie fiel und Gott dankte.« Aber als Großmutter so weit gekommen war, seufzte sie und sagte: »Aber was der Hirte sah, das könnten wir auch sehen, denn die Engel fliegen in jeder Weihnachtsnacht unter dem Himmel, wenn wir sie nur zu gewahren vermögen.«

Und dann legte Großmutter ihre Hand auf meinen Kopf und sagte: »Dies sollst du dir merken, denn es ist so wahr, wie dass ich dich sehe und du mich siehst. Nicht auf Lichter und Lampen kommt es an, und es liegt nicht an Mond und Sonne, sondern was nottut, ist, dass wir Augen haben, die Gottes Herrlichkeit sehen können.«

15.
Dezember

Der kleine Nimmersatt

Heinrich Seidel

Ich wünsche mir ein Schaukelpferd,
'ne Festung und Soldaten
Und eine Rüstung und ein Schwert,
Wie sie die Ritter hatten.
Drei Märchenbücher wünsch' ich mir
Und Farbe auch zum Malen
Und Bilderbogen und Papier
Und Gold- und Silberschalen.
Ein Domino, ein Lottospiel,
Ein Kasperletheater,
Auch einen neuen Pinselstiel
Vergiss nicht, lieber Vater!
Ein Zelt und sechs Kanonen dann
Und einen neuen Wagen
Und ein Geschirr mit Schellen dran,
Beim Pferdespiel zu tragen.
Ein Perspektiv, ein Zootrop,
'ne magische Laterne,
Ein Brennglas, ein Kaleidoskop
Dies alles hätt ich gerne.

Mir fehlt – ihr wisst es sicherlich –
Gar sehr ein neuer Schlitten,
Und auch um Schlittschuh' möchte ich
Noch ganz besonders bitten.
Um weiße Tiere auch von Holz
Und farbige von Pappe,
Um einen Helm mit Federn stolz
Und eine Flechtemappe.
Auch einen großen Tannenbaum,
Dran hundert Lichter glänzen,
Mit Marzipan und Zuckerschaum
Und Schokoladenkränzen.
Doch dünkt dies alles euch zu viel,
Und wollt ihr daraus wählen,
So könnte wohl der Pinselstiel
Und auch die Mappe fehlen.
Als Hänschen so gesprochen hat,
Sieht man die Eltern lachen:
»Was willst du, kleiner Nimmersatt,
Mit all den vielen Sachen?«
»Wer so viel wünscht« – der Vater
  spricht's –

»Bekommt auch nicht ein Achtel –
Der kriegt ein ganz klein wenig Nichts
In einer Dreierschachtel.«

16.
Dezember

Ein Weihnachtsengel

Walter Benjamin

Mit den Tannenbäumen begann es. Eines Morgens, als wir zur Schule gingen, hafteten an den Straßenecken die grünen Siegel, die die Stadt wie ein großes Weihnachtspaket an hundert Ecken und Kanten zu sichern schienen. Dann barst sie eines schönen Tages dennoch, und Spielzeug, Nüsse, Stroh und Baumschmuck quollen aus ihrem Innern: der Weihnachtsmarkt. Mit ihnen aber quoll noch etwas anderes hervor: die Armut. Wie nämlich Äpfel und Nüsse mit ein wenig Schaumgold neben dem Marzipan sich auf dem Weihnachtsteller zeigen durften, so auch die armen Leute mit Lametta und bunten Kerzen in den besseren Vierteln. Die Reichen aber schickten ihre Kinder vor, um denen der Armen wollene Schäfchen abzukaufen oder Almosen auszuteilen, die sie selbst vor Scham nicht über ihre Hände brachten. Inzwischen stand bereits auf der Veranda der Baum, den meine Mutter insgeheim gekauft und über die Hintertreppe in die Wohnung hatte bringen lassen. Und wunderbarer als alles, was das Kerzenlicht ihm gab, war, wie das nahe Fest in seine Zweige mit jedem Tage dichter sich verspann. In den Höfen begannen die Leierkasten die letzte Frist mit Chorälen zu dehnen. Endlich war sie dennoch verstrichen und einer jener Tage wieder da, an deren frühesten ich mich hier erinnere.

In meinem Zimmer wartete ich, bis es sechs werden wollte. Kein Fest des späteren Lebens kennt diese Stunde, die wie ein Pfeil im Herzen des Tages zittert. Es war schon dunkel; trotzdem entzündete ich nicht die Lampe, um den Blick nicht von den Fenstern überm Hof zu wenden, hinter denen nun die ersten Kerzen zu sehen waren. Es war von allen Augenblicken, die das Dasein des Weihnachtsbaumes hat, der bänglichste, in dem er Nadeln und Geäst dem Dunkel opfert, um nichts zu sein als nur ein unnahbares und doch nahes Sternbild im trüben Fenster einer Hinterwohnung. Doch wie ein solches Sternbild hin und wieder eins der verlassenen Fenster begnadete, indessen viele weiter dunkel blieben und andere noch trauriger im Gaslicht der früheren Abende verkümmerten, schien mir, dass diese weihnachtlichen Fenster die Einsamkeit, das Alter und das Darben – all das, wovon die armen Leute schweigen – in sich fassten.

Dann fiel mir wieder die Bescherung ein, die meine Eltern eben rüsteten. Kaum aber hatte ich so schweren Herzens, wie nur die Nähe eines sichern Glücks es macht, mich von dem Fenster abgewandt, so spürte ich eine fremde Gegenwart im Raum. Es war nichts als ein Wind, sodass die Worte, die sich auf meinen Lippen bildeten, wie Falten waren, die ein träges Segel plötzlich vor einer frischen Brise wirft: »Alle Jahre wieder, kommt das Christuskind, auf die Erde nieder, wo wir Menschen sind« – mit diesen Worten hatte sich der Engel, der in ihnen begonnen hatte, sich zu bilden, auch verflüchtigt. Doch nicht mehr lange blieb ich im leeren Zimmer. Man rief mich in das gegenüberliegende, in dem der Baum nun in die Glorie eingegangen war, welche ihn mir entfremdete, bis er, des Untersatzes beraubt, im Schnee verschüttet oder im Regen glänzend, das Fest da endete, wo es ein Leierkasten begonnen hatte.

17.

Dezember

Die weiße Weihnachtsrose

Hermann von Lingg

Wenn über Wege tief beschneit
Der Schlitten lustig rennt,
Im Spätjahr in der Dämmerzeit,
Die Wochen im Advent,
Wenn aus dem Schnee das junge Reh
Sich Kräuter sucht und Moose,
Blüht unverdorrt im Frost noch fort
Die weiße Weihnachtsrose.

Kein Blümchen sonst auf weiter Flur;
In ihrem Dornenkleid
Nur sie, die niedre Distel nur
Trotzt allem Winterleid;
Das macht, sie will erwarten still,
Bis sich die Sonne wendet,
Damit sie weiß, dass Schnee und Eis
Auch diesmal wieder endet.

Doch ist's geschehn, nimmt fühlbar kaum
Der Nächte Dunkel ab,
Dann sinkt mit einem Hoffnungstraum
Auch sie zurück ins Grab.

Nun schläft sie gern, sie hat von fern
Des Frühlings Gruß vernommen,
Und o wie bald wird glanzumwallt
Er sie zu wecken kommen!

18.
Dezember

Des kleinen Hirten Glückstraum

Ludwig Bechstein

Es war einmal ein sehr armer Bauersmann, der war in einem Dörflein Hirte, und das schon seit vielen Jahren. Seine Familie war klein, er hatte ein Weib und nur ein einziges Kind, einen Knaben. Doch diesen hatte er sehr frühzeitig mit hinaus auf die Weide genommen und ihm die Pflichten eines treuen Hirten eingeprägt, und so konnte er, als nur einigermaßen der Knabe herangewachsen war, sich ganz auf denselben verlassen, konnte ihm die Herde allein anvertrauen, und konnte unterdessen daheim noch einige Dreier mit Körbeflechten verdienen. Der kleine Hirte trieb seine Herde munter hinaus auf die Triften und Raine; er pfiff oder sang manch helles Liedlein, und ließ dazwischen gar laut seine Hirtenpeitsche knallen; dabei wurde ihm keine Zeit lang. Des Mittags lagerte er sich gemächlich neben seine Herde, aß sein Brot und trank aus der Quelle dazu, und dann schlief er auch wohl ein Weilchen, bis es Zeit war weiterzutreiben. Eines Tages hatte sich der kleine Hirte unter einen schattigen Baum zur Mittagsruhe gelagert, schlief ein und träumte einen gar wunderlichen Traum: Er reise fort, gar unendlich weit fort – ein lautes Klingen, wie wenn unaufhörlich eine Masse Münzen zu Boden fielen – ein Donnern, wie wenn unaufhörliche Schüsse knallten – eine endlose Schar Soldaten, mit Waffen und in blitzenden Rüstungen – das alles umkreiste, umschwirrte, umtoste ihn. Dabei wanderte er immerzu und stieg immer bergan, bis er endlich oben auf der Höhe war, wo ein Thron aufgebaut war, darauf er sich setzte, und neben ihm war noch ein Platz, auf dem ein schönes Weib, welches plötzlich erschien, sich niederließ. Nun richtete sich im Traum der kleine Hirte empor und sprach ganz ernst und feierlich: »Ich bin König von Spanien.« Aber in demselben Augenblick wachte er auf. Nachdenklich über seinen sonderbaren Traum trieb der Kleine seine Herde weiter, und des Abends erzählte er daheim seinen Eltern, die vor der Türe saßen und Weiden schnitzten, und wo er ihnen auch half – seinen wunderlichen Traum und sprach zum Schluss: »Wahrlich, wenn ich noch einmal träume, so gehe ich fort nach Spanien, und will doch einmal sehen, ob ich nicht König werde!« – »Dummer Junge«, murmelte der alte Vater, »dich macht man zum König, lass dich nicht auslachen!« Und seine Mutter kicherte weidlich und klatschte in die Hände und wiederholte ganz verwundert: »König von Spanien, König von Spanien!« Am andern Tag zu Mittag lag der kleine Hirte zeitig unter jenem Baume, und o Wunder!, derselbe Traum umfing wieder seine Sinne. Kaum hielt es ihn bis zum Abend auf der Hut, er wäre gern nach Hause gelaufen, und wäre aufgebrochen zur Reise nach Spanien. Als er endlich heimtrieb, verkündete er seinen abermaligen Traum und sprach: »Wenn mich aber noch einmal so träumt, so gehe ich auf der Stelle fort, gleich auf der Stelle.« – Am dritten Tage lagerte er sich denn wieder unter jenen Baum und ganz derselbe Traum kam zum dritten Male wieder. Der Knabe richtete sich im Traume empor und sprach: »Ich bin König von Spanien«, und darüber erwachte er wieder, raffte aber auch sogleich Hut und Peitsche und Brotsäcklein von dem Lager auf, trieb die Herde zusammen und geraden Wegs nach dem Dorfe zu. Da fingen die Leute an mit ihm zu zanken, dass er so bald und so lange vor der Vesperzeit eintreibe, aber der Knabe war so begeistert, dass er nicht auf das Schelten der Nachbarn und der eignen Eltern hörte, sondern seine wenigen Kleidungsstücke, die er des Sonntags trug, in einem Bündel schnürte, denselben an ein Nussholzstöcklein hing, über die Achsel nahm und so mir nichts dir nichts fortwanderte. Gar flüchtig war der Knabe auf den Beinen; er lief so rasch, als sollte er noch vor nachts in Spanien eintreffen. Doch erreichte er nur an diesem Tage einen Wald, nirgends war ein Dorf oder ein einzelnes Haus; und er beschloss, in diesem Wald in einem dichten Busch sein Nachtlager zu suchen. Kaum hatte er aber zur Ruhe sich niedergelegt und war entschlummert, als ein Geräusch ihn wieder erweckte: Es zog eine Schar Männer in lautem Gespräch an dem Busch vorüber, in welchen er sich gebettet. Leise machte der Knabe sich hervor und ging den Männern in einer kleinen Entfernung nach, und dachte, vielleicht findest du doch noch eine Herberge;

wo diese Männer heute schlafen, kannst du gewiss auch schlafen. – Gar nicht lange waren sie weitergewandert, als ein ziemlich ansehnliches Haus vor ihnen stand, aber so recht mitten im dunkeln Wald. Die Männer klopften an, es wurde aufgetan und neben den Männern schlüpfte auch der Hirtenknabe mit hinein in das Haus. Drinnen öffnete sich wieder eine Türe, und alle traten in ein großes, sehr spärlich erhelltes Zimmer, wo auf dem Fußboden umher viele Strohbunde, Betten und Deckbetten lagen, die zum Nachtlager der Männer bereitgehalten schienen. Der kleine Hirtenbub verkroch sich schnell unter einem Strohhaufen, welcher nahe an der Türe aufgeschichtet war, und lauschte nun auf alles, was er nur aus seinem Versteck hören und wahrnehmen konnte. Bald kam er dahinter, denn er war ohnehin klug und aufgeweckt, dass diese Männerschar eine Räuberbande sei, deren Hauptmann der Herr dieses Hauses war. Dieser bestieg, als die neu angelangten Mitglieder der Bande sich hingelagert hatten, einen etwas erhöhten Sitz und sprach mit tiefer Bassstimme: »Meine braven Genossen, tut mir Bericht von eurem heutigen Tagewerk, wo ihr eingebrochen seid, und was ihr erbeutet habt!« Da richtete sich zuerst ein langer Mann mit kohlschwarzem Bart empor, und antwortete: »Mein lieber Hauptmann, ich habe heute früh einen reichen Edelmann seiner ledernen Hose beraubt, diese hat zwei Taschen, und so oft man sie unterst oberst kehrt und tüchtig schüttelt, so oft fällt ein Häuflein Dukaten heraus auf den Boden.« – »Das klingt sehr gut!«, sprach der Hauptmann. Ein anderer der Männer trat auf und berichtete: »Ich habe heute einem General seinen dreieckigen Hut gestohlen; dieser Hut hat die Eigenschaft, wenn man ihn auf dem Kopf dreht, dass unaufhörlich aus den drei Ecken Schüsse knallen.« – »Das lässt sich hören!«, sprach der Hauptmann wieder. Und ein Dritter richtete sich auf und sprach: »Ich habe einen Ritter seines Schwertes beraubt; so man dasselbe mit der Spitze in die Erde stößt, ersteht augenblicklich ein Regiment Soldaten.« – »Eine tapfere Tat!«, belobte der Hauptmann. Ein vierter Räuber erhob sich nun und begann: »Ich habe einem schlafenden Reisenden seine Stiefel abgezogen, und wenn man diese anzieht, legt man mit jedem Schritt sieben Meilen zurück.« – »Rasche Tat lobe ich!«, sprach der Hauptmann zufrieden. »Hänget eure Beute an die Wand, und dann esset und trinket und schlafet wohl.« Somit verließ er das Schlafzimmer der Räuber; diese zechten noch weidlich und fielen dann in festen Schlaf. Als alles stille und ruhig war, und die Männer allesamt schliefen, machte sich der kleine Hirte hervor, zog die ledernen Hosen an, setzte den Hut auf, gürtete das Schwert um, fuhr in die Stiefel und schlich dann leise aus dem Haus. Draußen aber zeigten die Stiefel zur Freude des Kleinen schon ihre Wunderkraft, und es währte gar nicht lange, so schritt das Bürschchen zur großen Residenzstadt Spaniens hinein; sie heißt Madrid.

Hier fragte er den ersten Besten, der ihm aufstieß, nach dem größten Gasthof, aber er erhielt zur Antwort: »Kleiner Wicht, geh du hin, wo deinesgleichen einkehrt, und nicht wo reiche Herren speisen.« Doch ein blankes Goldstück machte jenen gleich höflicher, sodass er nun gerne der Führer des kleinen Hirten wurde, und ihm den besten Gasthof zeigte. Dort angelangt, mietete der Jüngling sogleich die schönsten Zimmer, und fragte freundlich seinen Wirt: »Nun, wie steht es in eurer Stadt? Was gibt es hier Neues?« Der Wirt zog ein langes Gesicht und antwortete: »Herrlein, Ihr seid hier zu Land wohl fremd? Wie es scheint, habt Ihr noch nicht gehört, dass unser König, Majestät, sich rüstet mit einem Heer von zwanzigtausend Mann? Seht, wir haben Feinde; o es ist gar eine schlimme Zeit! Herrlein, wollt Ihr auch etwa unters Militär gehen?« – »Freilich, freilich«, sprach der zarte Jüngling und sein Gesicht glänzte vor Freude. Als der Wirt sich entfernt hatte, zog er flugs seine ledernen Hosen aus, schüttelte sich ein Häuflein Goldstücke, und kaufte sich kostbare Kleider und Waffen und Schmuck, tat alles an und ließ beim König um eine Audienz bitten. Und wie er in das Schloss kam, und von zwei Kammerherren durch einen großen herrlichen Saal geführt wurde, begegnete ihnen eine wunderliebliche junge Dame, die sich anmutig vor dem schönen Jüngling, der in der Mitte der Herren ging und sie zierlich grüßte, verneigte, und die Herren flüsterten: »Das ist die Prinzessin, Tochter des

Königs.« Der junge Mann war nicht wenig von der Schönheit der Königstochter entzückt, und seine Entzückung und Begeisterung ließen ihn keck und mutvoll vor dem Könige reden. Er sprach: »Königliche Majestät! Ich biete hiermit untertänigst meine Dienste als Krieger an. Mein Heer, das ich Euch zuführe, soll Euch den Sieg erfechten, mein Heer soll alles erobern, was mein König zu erobern befiehlt. Aber eine Belohnung bitte ich mir aus, dass ich, wofern ich den Sieg davontrage, Eure holde Tochter als Gemahlin heimführen dürfe. Wollt Ihr das, mein gnädigster König?« Und der König erstaunte ob der kühnen Rede des Jünglings und sprach: »Wohl, ich gehe in deine Forderung ein; kehrst du heim als Sieger, so will ich dich als meinen Nachfolger einsetzen und dir meine Tochter zur Gemahlin geben.«

Jetzt begab sich der ehemalige Hirte ganz allein hinaus auf das freie Feld und begann sein Schwert drauf und drein in die Erde zu stoßen, und in wenigen Minuten standen viele Tausende kampfgerüsteter Streiter auf dem Platz, und der Jüngling saß als Feldherr kostbar bewaffnet und geschmückt auf einem herrlichen Ross, welches mit goldgewirkten Decken behangen war; der Zaum blitzte von Edelsteinen, und der junge Feldherr zog aus, und dem Feind entgegen, da gab es eine große blutige Schlacht; aus dem Hut des Feldherrn donnerten unaufhörlich tödliche Schüsse, und das Schwert desselben rief ein Regiment nach dem andern aus der Erde hervor, sodass in wenigen Stunden der Feind geschlagen und zerstreut war, und die Siegesfahnen wehten. Der Sieger aber folgte nach und nahm dem Feinde auch noch den besten Teil seines Landes hinweg. Siegreich und glorreich kehrte er dann zurück nach Spanien, wo ihn das holdeste Glück noch erwartete. Die schöne Königstochter war nicht minder entzückt von dem schmucken Jüngling gewesen, wie sie ihm im Saale begegnet war, als er von ihr; und der gnädigste König wusste die sehr großen Verdienste des tapfern Jünglings auch gebührend zu schätzen, hielt sein Wort, gab ihm seine Tochter zur Gemahlin und machte ihn zu seinem Nachfolger und Thronerben.

Die Hochzeit wurde prunkvoll und glänzend vollzogen, und der ehemalige Hirte saß ganz im Glück. Bald nach der Hochzeit legte der alte König Krone und Zepter in die Hände seines Schwiegersohns, der saß stolz auf dem Thron und neben ihm seine holde Gemahlin, und es wurde ihm, als dem neuen König, von seinem Volke Huldigung gebracht. Da gedachte er seines so schön erfüllten Traumes, und gedachte seiner armen Eltern, und sprach, als er wieder allein bei seiner Gemahlin war: »Meine Liebe, sieh, ich habe noch Eltern, aber sie sind sehr arm, mein Vater ist Dorfhirte, weit von hier, und ich selbst habe als Knabe das Vieh gehütet, bis mir durch einen wunderbaren Traum offenbart wurde, dass ich noch König von Spanien werde. Und das Glück war mir hold, sieh, ich bin nun König, aber meine Eltern möcht ich auch gern noch glücklich sehen, daher ich mit deiner gütigen Zustimmung nach Hause reisen und die Eltern holen will.« Die Königin war's gerne zufrieden und ließ ihren Gemahl ziehen, der sehr schnell zog, weil er die Siebenmeilenstiefel anhatte. Unterwegs stellte der junge König die Wunderdinge, die er den Räubern abgenommen, ihren rechtmäßigen Eigentümern wieder zu, bis auf die Stiefel, holte seine armen Eltern, die vor Freude ganz außer sich waren, und dem Eigentümer der Stiefel gab er für dieselben ein Herzogtum. Dann lebte er glücklich und würdiglich als König von Spanien bis an sein Ende.

19.
Dezember

Der Weihnachtsbaum

Joachim Ringelnatz

Es ist eine Kälte, dass Gott erbarm!
Klagte die alte Linde,
Bog sich knarrend im Winde
Und klopfte leise mit knorrigem Arm
Im Flockentreiben
An die Fensterscheiben.
Es ist eine Kälte! Dass Gott erbarm!
Drinnen im Zimmer war's warm.
Da tanzte der Feuerschein so nett
Auf dem weißen Kachelofen Ballett.

Zwei Bratäpfel in der Röhre belauschten,
Wie die glühenden Kohlen
Behaglich verstohlen
Kobold- und Geistergeschichten tauschten.
Dicht am Fenster im kleinen Raum
Da stand, behangen mit süßem Konfekt,
Vergoldeten Nüssen und mit Lichtern
besteckt,
Der Weihnachtsbaum.

Und sie brannten alle, die vielen Lichter,
Aber noch heller strahlten am Tisch
(Es lässt sich wohl denken
Bei den vielen Geschenken)
Drei blühende, glühende
  Kindergesichter. –
Das war ein Geflimmer
Im Kerzenschimmer!

Es lag ein so lieblicher Duft in der Luft
Nach Nadelwald, Äpfeln und heißem
  Wachs.
Tatti, der dicke Dachs,
Schlief auf dem Sofa und stöhnte
  behaglich.

Er träumte lebhaft, wovon, war fraglich,
Aber ganz sicher war es indessen,
Er hatte sich schon (die Uhr war erst zehn)
Doch man musste ’s gestehn,
Es war ja zu sehn,
Er hatte sich furchtbar überfressen. –

Im Schaukelstuhl lehnte der Herzenspapa
Auf dem nagelneuen Kissen und sah
Über ein Buch hinweg auf die liebe
Mama,
Auf die Kinderfreude und auf den Baum.

Schade, nur schade,
Er bemerkte es kaum,
Wie schnurgerade
Die Bleisoldaten auf dem Baukasten
standen
Und wie schnell die Pfefferkuchen
verschwanden.

– Und die liebste Mama? – Sie saß am
Klavier.
Es war so schön, was sie spielte und sang,
ein Weihnachtslied, das zu Herzen drang.
Lautlos horchten die andern Vier.

Der Kuckuck trat vor aus der
  Schwarzwälderuhr,
Als ob auch ihm die Weise gefiel. – –
Leise, ergreifend verhallte das Spiel.

Das Eis an den Fensterscheiben taute
Und der Tannenbaum schaute
Durchs Fenster die Linde
Da draußen, kahl und beschneit
Mit ihrer geborstenen Rinde.

Da dachte er an verflossene Zeit
Und an eine andere Linde,
Die am Waldesrand einst neben ihm
  stand,
Sie hatten in guten und schlechten Tagen
Einander immer so lieb gehabt.

Dann wurde die Tanne abgeschlagen,
Zusammengebunden und fortgetragen.
Die Linde, die Freundin, die ließ man
  stehn.

Auf Wiedersehn! Auf Wiedersehn!
So hatte sie damals gewinkt noch
zuletzt. –
Ja, daran dachte der Weihnachtsbaum
jetzt,
Und keiner sah es, wie traurig dann
Ein Tröpfchen Harz, eine stille Träne,
Aus seinem Stamme zu Boden rann.

20.

Dezember

New York, 25 Dezember 1899

Elisabeth von Heyking

Es ist wieder Weihnachten geworden, lieber Freund! Weihnachten in einem Lande, wo ich das Fest noch nie erlebt habe, wo es mir darum besonders fremd vorkommt. Warum haben wir nur diesen rührenden und zugleich etwas komischen Zug, an bestimmten Jahrestagen so besonders zu hängen? Was wissen wir eigentlich von dem Tag der Geburt Christi und was ist uns dieser Tag? Und doch, so wenig Bedeutung er für viele unter uns heute noch in der Hast des Lebens hat, und so wenig wir von Frieden auf Erden wissen, an diesem Jahrestage scheint es uns, als hätte jeder Mensch ein besonderes Recht auf Freude, und wir stecken viel Lichtchen an, um doch ja die Freude sehen zu können, falls sie wirklich mal zu uns käme.

Aber bei uns Einsamen, die wir in fremden Welten leben, pocht gerade an dem Abend selten die Freude an die Tür. Andere Gäste sind es, die uns besuchen. Vor allem ist es die alte Frau Erinnerung, deren Bilderbuch mit jedem Jahr dicker wird. Als ich gestern Nachmittag die Kerzen am Bäumchen in unserm Wohnzimmer angezündet hatte und meinen Bruder hereinrief, huschte die alte Frau auch gleich durch die offene Tür ins Zimmer herein. Den ganzen Tag schon hatte ich gefühlt, dass sie draußen stand und nur auf den Moment wartete, hereinzuschlüpfen, und den ganzen Tag hatte ich ihr immer die Tür vor der Nase zugeschlagen, denn ich fürchte mich ein bisschen vor der alten Frau und ihrem großen Bilderbuch. Aber nun stand sie neben uns. Ta, dem auch aufgebaut wurde, hatte sie wohl eingelassen.

Und wie es raschelte und knisterte in den Blättern des großen Bilderbuchs! Wie es darin lebendig ward und längst verstummte Stimmen wieder klangen in vergessenem Lachen und verhalltem Schluchzen. Lauter Dinge, die einst gewesen, füllten das Zimmer und umwogten uns; kleine graue Geisterchen saßen lichtbeschienen in den Zweigen des Weihnachtsbaumes und flüsterten leise von Vergangenem; und auch all das, was nie gewesen, was nur gewünscht und ersehnt worden – nun lebte es für den einen Abend wieder auf.

Am längsten verweilte ich bei den letzten Blättern des Bilderbuches. Die Weihnachten in Peking standen wieder vor meinen Augen. Erinnern Sie sich des einen Jahres, als der arme junge McIntyre krank war und wir ihm ein Bäumchen brachten? Ich saß in der Sänfte und hielt die winzig kleine geschmückte Tanne auf dem Schoß, und Sie gingen nebenher und ermahnten die Kulis, mich behutsam durch die holprigen, hart gefrorenen Straßen zu tragen. Erinnern Sie sich der Freude des armen Jungen, als wir dann bei ihm eintraten und unser glänzendes Bäumchen auf den Tisch vor ihm aufbauten zwischen den Fotografien seiner fern in Schottland lebenden Eltern und Geschwister, die er sich für diesen Abend recht nah an sein Bett hatte heranrücken lassen?

Und erinnern Sie sich der Bescherungen in unserem lieben chinesischen Häuschen, zu denen Sie und ein paar Freunde meines Bruders jedes Mal kamen? Tagelang vorher war große Aufregung, um für jeden eine Überraschung in den Kuriositätenläden aufzutreiben, und als erst die Bahn eröffnet war, fuhren unternehmungslustige Leute nach Tientsin, um zu schauen, was etwa die dortigen europäischen Magazine böten.

Sie, lieber Freund, entdeckten aber immer die reizendsten Dinge! Vor mir steht heute die kleine altfranzösische Bronzenuhr, die einst in der Direktoire-Zeit nach China kam, und die Sie von Pekinger Palastbeamten erstanden und mir unter dem Weihnachtsbaum aufbauten. Das Piedestal ist noch ganz im Stile Ludwig XVI. mit Delfinen und feinen Girlanden geschmückt; darüber erheben sich vier Drachen, die die Uhr tragen, kuriose Geschöpfe, in denen der französische Künstler möglichst dem nahezukommen suchte, was ihm als chinesisch vorschwebte. Über der Uhr, auf einer kleinen Weltkugel, steht ein gallischer Hahn, der offenbar nach Freiheit kräht, aber ein so skeptisches Gesicht macht, als glaube er schon längst nicht mehr daran.

Als Sie mir diese Uhr schenkten, sagten Sie: »Die passt so gut zu Ihnen: Ein Fundament altererbten Geschmacks, der von vielen Generationen herstammt; die Drachen, der Hang zum Absonderlichen, der Zug zum Unbegreiflichen, Mystischen, der in uns erwacht, je mehr wir sehen, dass das Exakte, Vernünftige, Realistische doch nichts erklärt und schließlich immer wieder alles mit einem großen Fragezeichen endet – und als Spitze des ganzen Gebäudes der kleine tapfere Hahn, der nach Aufklärung und Freiheit quand même ruft, der viel graue, trübe Tage erlebt hat und zu sagen scheint, nach all dem Krähen müsste die Sonne doch endlich aufgehen.«

Ja, das alles und noch so vieles mehr steht auf den letzten Blättern des großen Bilderbuchs!

Mein Bruder und ich saßen in dem New Yorker Boarding-House-Zimmer unter dem Weihnachtsbaum, hielten uns schweigend an der Hand und dachten vergangener Zeiten. Ta löschte eins nach dem andern die Lichtchen aus, die herabgebrannt waren – ganz wie an anderen Weihnachtsabenden. Manchmal fingen ein paar grüne Tannennadeln Feuer, knisterten und glühten, und ein harziger Waldduft zog durchs Zimmer – ja, ganz wie an allen Weihnachtsabenden!

21.

Dezember

Weihnachten

Ludwig Thoma

Christabend.
Knirschender Schnee.
Eisige Blumen
An allen Fenstern.
Wie sitzt es sich wohlig
Im warmen Zimmer
Hinter der dampfenden
Punschterrine,
Lachende Augen um mich herum.
Fröhliche Worte
Und frohe Herzen.
Ei, Kinder, wie ist das behaglich!
Da wird einem warm,
Ruft Erinnerung wach
An die helle, freundliche Jugendzeit.
Und weißt du es noch?
Und wie 's damals war
In dem alten, traulichen Försterhaus?
Das will ich erzählen.
In der Winternacht,

Die Berge wie riesige Zuckerhüte,
Mit Demanten bestreut,
Und alle die Tannen
Mit Reif bedeckt,
Ein Glitzern und Flimmern
Um Strauch und Baum,
Als hätten die Englein,
Den Herrn zu ehren,
Viel tausend Lichter
Rings aufgesetzt.
Und die Sterne funkeln
So mild und hell.
Drinnen im Haus
Die kleine Schar
Erwartungsfreudig, voll Ungeduld.
Da führt uns die Mutter
Zum Fenster hinan.
In banger Scheu
Blicken die glänzenden Kinderaugen
In das Glitzern und Flimmern,
In die schweigende Nacht.
Und horcht!

Ein Singen und Klingen
Geht durch die Luft,
Christkindlein kommt,
Christkindlein zieht durch den
  Wald,
Wie klopfen die Herzen!
Wie glühen die Wangen!
Schon ist es da,
Öffnet die Tür,
Und im hellen Schein
Strahlet wieder der Weihnachtsbaum!
Jubelnde Stimmen.
Glückliche Kinder.
Wisst Ihr es noch?
Wisst Ihr, wie 's damals war?
Stille wird es im Kreise,
Und in jedem erwacht
Mächtig Erinnerung
An die helle,
An die sonnige Jugendzeit.
Alle schweigen. Nur eine spricht,
Nur ein älteres Fräulein spricht.

Seufzend sagt sie, wer so erzählt,
Hat doch eigentlich ein Gemüt,

Und er sollte, sobald es geht,
Sich verheiraten.

22.
Dezember

Die Geschichte vom Christkindvogel

Luise Büchner

Unter den vielen Vöglein, die in Wald und Feld herumfliegen und singen und zwitschern, gibt es einen ganzen kleinen, bunten Vogel, der kleinste von allen, den nennen die großen und gelehrten Leute den Zaunkönig. Die Kinder aber und die einfältigen Leute, zu denen die Tante auch gehört, die sagen, wenn er vorüberfliegt: »Das ist der liebe Christkindvogel!«

Freilich wissen sie kaum, weshalb er so heißt, die Tante weiß es aber und erzählt es dem Mathildchen und dem Georg folgendermaßen: »Ich habe euch noch gar nicht gesagt, dass vier Wochen vor Weihnachten der Nikolaus auf dem freien Platz droben auf dem Böllstein jeden Abend ein großes Feuer anzündet, das ist das Weihnachtsfeuer. Daran wärmen sie sich, er und das Christkindchen, wenn sie in der Nacht ganz erfroren heimkommen, und dann bleiben sie oft bis zum Morgen dabei sitzen und arbeiten für die Weihnachtsbescherung. Da geschah es aber einmal vor langer, langer Zeit, dass der Nikolaus neben dem Feuer einschlief, statt zur rechten Zeit Holz nachzulegen, und das war ein rechtes Unglück, denn es begab sich grade am Weihnachtstag, und einen dümmeren Streich hätte der Nikolaus gar nicht machen können. Als das Christkindchen herauskam und sein Kerzchen anzünden wollte, mit dem es die Weihnachtsbäume anbrennt, da war auch nicht das kleinste Köhlchen in der Asche mehr aufzufinden, obgleich der Nikolaus wie ein Blasebalg hineinblies, dass ihm der Staub in die Kehle flog und die Asche ins Gesicht. Seitdem ist seine Stimme noch viel rauer geworden und sein Gesicht noch einmal so dunkel als vorher. Es war aber gar nichts zu machen. Aus war das Feuer und guter Rat teuer. Zündhölzchen, die man hätte anstreichen können, gab es damals noch nicht, und wenn auch der Nikolaus endlich ganz unten aus seinem Sack einen Feuerstahl und ein Stückchen Zunder herauskramte, so war damit doch nicht geholfen. Er hatte auch da nicht Acht gegeben, hatte den Sack im Schnee liegen lassen, nun war der Schwamm nass, und wie er auch draufschlug und sich die Finger zerhieb, kein Fünkchen, das aus dem Stahl sprang, konnte zünden. Das gute Christkindchen war da zum ersten Mal in seinem Leben bitterböse, und es hätte gern den Nikolaus fortgejagt, wenn es nur gleich einen andern gehabt hätte.

Wo sollte man nun Licht herbekommen? Es blieb gar nichts anders übrig, als sich droben bei der lieben Mama Sonne ein Strählchen auszubitten. Wer konnte aber den weiten, weiten Weg bis zu ihr in der

Geschwindigkeit hinauffliegen? Der Nikolaus, dem es von Rechts wegen zugekommen wäre, hatte keine Flügel, und wenn er sich in seinem Pelzrock auch noch so sehr aufgeblasen hätte, er wäre ja noch nicht bis über die kleinste Fichte hinausgekommen. Das Christkind hatte wohl Flügel und hätte es schon eher wagen können, aber es hing traurig den Kopf und sagte: ›Der lieben Sonne bin ich von Weitem gar zu gut, aber nahe bei ihr ist es so brennend heiß, dass gewiss mein ganzes Gesicht schwarz davon würde. Was soll ich aber mit einem schwarzen Gesicht? Da würden sich die Kinder auch vor mir fürchten wie vor dem Nikolaus, und würden mich nur noch mit Zittern und Zagen lieben, wenn ich ihnen auch die schönsten Gaben brächte. Das darf nicht sein, und außerdem ist der Weg so weit, dass ich erst morgen früh wiederkäme!‹ Das Christkind sprach ganz verständig, und außerdem ist es ja auch ein

Mägdlein, dem man es nicht übelnehmen kann, wenn es lieber ein schönes, helles Gesicht als ein schwarzes haben mag.

Auf einmal fiel ihm etwas Schönes ein. Es schüttelte die blonden Locken zurück, die ihm beim Nachdenken über die Stirne gefallen waren, lachte fröhlich auf und schellte laut mit seinem silbernen Schellchen, dass es weithin durch den Wald erklang und die Kinder im Tale es hörten und glaubten, jetzt sei das Christkind schon da. Sie waren aber freilich angeführt.

Im Wald jedoch ward es auf einmal lebendig; es raschelte und flatterte und zwitscherte wie von tausend Vöglein – und wirklich, da kamen sie alle herbei, die im Walde wohnten, Groß und Klein. Sie kannten Christkindchens Glöcklein gar wohl und wussten, dass es ihnen jedes Jahr auch beschere. Die Masse von Krümchen, die sich das Jahr über in dem Sack des Nikolaus aufhäuften, wurden den Vöglein am Weihnachtsabend hingestreut und schmeckten ihnen gar zu gut. Sie glaubten alle, sie seien deshalb herbeigerufen, irrten sich aber ebenso gewaltig wie die Kinder im Tale. Der Boden war zwar reingefegt, aber es lag nichts darauf als die Asche, die Nikolaus beim Blasen aufgewirbelt. Die Vöglein waren sehr erstaunt und fingen gleich an, untereinander darüber zu schwatzen, und eines fragte das andere, warum ihre Krumen nicht da seien. Sie dachten, wie es oft auch die Menschen tun, weil sie das einmal bekommen hätten, sei es nun ihr Recht, und es müsse immer so sein.

Wie sie nun im lautesten Schwatzen waren, schellte das Christkind noch einmal und rief dann, so laut es konnte: ›Stille!‹ Die Vöglein schwiegen, und das Christkind fuhr fort: ›Ihr lieben Vöglein, ich bin in großer Verlegenheit und weiß mir keinen Rat; wer von euch will mir einen Gefallen tun?‹

Da rief es in allen Tonarten, hoch und niedrig, dumpf und helle: ›Ich! – Ich! – Ich!‹

›Ach, wie gut seid ihr‹, sagte das Christkindchen, ›ich wusste wohl, dass ihr mir helfen würdet, jetzt hört nur: Seht, der böse Nikolaus, der war nachlässig und hat das Feuer ausgehen und den Zunder nass werden lassen. Jetzt habe ich kein Licht, womit ich den vielen Kindlein, die auf mich warten, die Christbäume anzünden kann. Es muss neues Licht von der Sonne heruntergeholt werden; wer von euch will für mich hinauffliegen und mir von der lieben, guten Sonne einen Strahl herunterbringen?‹

So lebhaft die Vögel vorhin gewesen, so mäuschenstill wurden sie jetzt; sie hatten nicht gedacht, dass das Christkind ein so großes Wagstück von ihnen verlangen würde, und überdies ist versprechen immer leichter als halten. Da sie alle ›Ich!‹ gerufen, so sah einer den andern an, und jeder dachte, sein Nachbar würde das ›Ich!‹ wiederholen. Als keiner etwas sagte, fragte das Christkind ganz traurig: ›Nun, will mir keiner von euch den Gefallen tun?‹

Da räusperte sich der Spatz und sagte: ›Ja, siehst du, liebes Christkindchen, ich tue dir alles gern zu Gefallen, aber das ist zu viel verlangt; wegen meiner flöge ich schon da hinauf, aber ich bin Familienvater und darf mich meiner Frau und meiner Kinder wegen der Gefahr nicht aussetzen, zu nahe an die Sonne zu kommen!‹ Als er geendet, warf er sich in die Brust, sah im Kreis herum, und die Vögel, die auch Familie hatten, nickten ihm Beifall zu. Dann hörte man ein schmelzendes Girren, und die liebe Sängerin, die Nachtigall, begann zu zwitschern: ›Es schmerzt mich in tiefster Seele, teures Christkind, dass ich dir die Bitte abschlagen muss, aber – du wirst dies ja selbst einsehen – wie kann ich meine himmlische Stimme an eine so gefährliche Reise wagen? Bei der Sonne ist es furchtbar heiß, hier unten kalt, ich bekäme den Schnupfen, würde heiser – mein Gott, wer sollte denn da im nächsten Frühjahr Busch und Wald und alle liebenden Herzen mit seinem Gesang entzücken?‹

Was konnte Christkind dazu sagen? Es nickte, ohne ein Wort zu sprechen, und sah sich dann fragend und trauernd im ganzen Kreise um; grade auf die Nachtigall, die ja doch als Künstlerin ein großes Herz haben musste, hatte es im Stillen am meisten gerechnet.

›Geschätzte Freundin‹, hob nun der Dompfaffe an, ›ich bin stets bereit zu allen guten Werken, aber es steht geschrieben: ›Wer sich mutwillig in Gefahr begibt, kommt darinnen um.‹ Der Flug, den du uns da zumutest, ist für unsere Fittiche zu hoch; aber selbst wenn ich ihn unternehmen wollte, so dürfte ich nicht – denn wer sollte hier im Walde Sitte und Ordnung aufrechterhalten, wenn ich verdürbe?‹

›Ja, ja‹, schnatterte die Elster dazwischen, ›der würdige Herr Dompfaffe hat ganz recht. Er muss bei uns bleiben, und ich kann mich auch durchaus nicht auf die Reise einlassen. Auf morgen bin ich zu der Drossel auf ein Gericht Würmer eingeladen, auf übermorgen zu Wiedehopfs, und so die ganze Woche fort. Gott, wie schrecklich, wenn ich mich beschädigte und daheim bleiben müsste; die ganze Gesellschaft stürbe vor Langeweile!‹

Christkindchen wendete sich unmutig weg, aber die Not war gar zu groß, darum legte es sich noch einmal aufs Bitten. ›Und du, Lerche‹, sagte es liebreich, ›willst du mir nicht helfen? Du kannst ja doch höher fliegen und schwärmen als alle anderen Vögel.‹

Die Lerche hob ihr Köpfchen auf, hing es auf eine Seite, sah zuerst Christkindchen schmachtend an und dann wieder zur Erde. Endlich schien sie Worte zu finden und flötete leise: ›Liebes Christkind, ich fürchte mich; ich bin so zart und fein, und es wäre gar unweiblich von mir, wenn ich mehr Mut haben wollte als die Männer.‹

So war auch diese Hoffnung dahin – dem Christkindchen liefen zwei große Tränen über die rosigen Wangen, und es hörte kaum, wie der Specht klapperte: ›Welche Zumutung, an die Sonne zu fliegen! Bedanke mich schönstens; ich habe genug zu tun, wenn ich mein redlich Teil klappere und rassele, das gehört zum Handwerk, und alles Übrige geht mich nichts an!‹

›Schweigt nur‹, rief Christkind entrüstet, ›und fliegt wieder in eure Nester; setzt euch recht warm darin zurecht und freut euch, dass ihr das Leben habt. Es ist mir nur leid, dass ich euch gerufen. Meine armen Kinder bekommen nun freilich dieses Jahr keine Christbäume!‹

Und doch! Und doch! Leise schwirrte es durch die Luft, und im nächsten Augenblick saß ein ganz kleines, unscheinbares Vöglein von grauer Farbe, das aber ein zierliches Krönlein auf dem Kopfe trug, welches ihm ein ganz besonderes Ansehn gab, auf Christkinds Schultern.

›Ich will hinfliegen, Christkindchen‹, sagte es mit einem feinen Stimmchen, ›und habe nur gewartet, bis die großen und vornehmen Herren Vögel gesprochen. Da sie verhindert sind, so ist es nicht unbescheiden von mir, wenn ich dir meine Hilfe anbiete.‹

Ei, ei, wie streckten da die vornehmen Herren Vögel die Hälse neugierig aus und blähten sich auf und schüttelten verächtlich mit den Köpfen! Dabei zischelten sie: ›Ei der Tausend, seht einmal den Herrn Zaunkönig an, wie patzig der sich macht!‹ Christkindlein aber weinte jetzt vor Freude; es drückte das Vöglein an seine Brust, küsste es und rief: ›Flieg, mein lieber, kleiner Vogel, flieg! Du sollst mir auch fortan der liebste im ganzen Walde sein!‹

Und das Vöglein flog, flog, flog, bis nur noch ein schwarzes Pünktchen und dann gar nichts mehr von ihm zu sehen war. Keines rührte sich von seinem Platze, und alles sah hinauf in die Höhe, und Christkindchens blaue Augen leuchteten in überirdischer Freude. Es war auch Christkindlein, das wieder zuerst ganz oben am Himmel einen hellen Punkt erblickte; der Punkt kam näher und näher, bald glänzte er wie ein leuchtender Stern und dann wie eine kleine Sonne, die bald darauf zu Christkindchens Füßen niedersank. Wer konnte das anders sein als der liebe Zaunkönig, der wirklich dem Christkind einen Sonnenstrahl im Schnäblein mitbrachte! Schnell brannte Christkind sein Kerzchen an, ehe der Strahl erlosch, und dann bückte es sich, um nach dem Zaunkönig zu sehen, der noch erschöpft am Boden lag.

Oh, lieber Himmel, wie sah der arme Schelm aus! Die andern Vögel hatten wohl recht gehabt, man fliegt nicht ungestraft zur Sonne, aber derjenige, dem so recht nach dem Lichte verlangt, tut es doch, und wenn er sich auch die Flügel dabei versengt. Denkt euch, Kinder, der arme Zaunkönig hatte nicht ein Federchen mehr auf dem Leib, denn die heißen Sonnenstrahlen hatten sie alle weggebrannt, und er zitterte und fror, dass es zum Erbarmen war.

›Das hat er nun davon!‹, erklärte salbungsvoll der Dompfaffe, und die Elster nickte mit dem Kopf und schrie: ›Ich werde es jeden Tag als warnendes Beispiel meinen Kindern erzählen!‹ Die Nachtigall schwieg, denn im Grunde ihres Herzens schämte sie sich doch ein wenig und missgönnte dem Zaunkönig fast seinen nackten Leib. Indessen hatte aber der Nikolaus schnell seine Pelzmütze abgerissen, obgleich er sich tüchtig die Ohren dabei erfror, und bettete den Zaunkönig hinein, damit er nicht erfriere, bis er ein neues Kleidchen bekommen.

Dazu musste schnell Rat geschafft werden. Christkind rührte wieder an sein Schellchen und rief dann: ›Ihr Vögel und Vöglein, höret mich an! Zur Sonne wolltet ihr mir zwar nicht fliegen, und ich werde es auch nie mehr von euch erwarten, noch verlangen, aber für den armen, kleinen Zaunkönig, der mehr gewagt als der stolzeste von euch, nehme ich euer brüderliches Mitgefühl in Anspruch. Gebe ihm jeder von euch eine Feder, damit ich ihm ein neues Kleidchen davon machen kann!‹

Nun predigte Christkind keinen tauben Ohren; an diesem Werke beteiligte sich jeder gern, und jeder wollte dabei der Erste sein. Schöne Reden halten und milde Beiträge sammeln, das ist gar nicht gefährlich, sondern sehr angenehm und gibt Ehre und Ansehen vor der Welt. Der Dompfaffe und die Nachtigall stellten sich an die Spitze, forderten die Federn ein, und letztere flötete ihre Bitte so süß, dass keiner widerstehen konnte. Die Elster ermahnte mit lauter Stimme ihre ganze große Bekanntschaft, bei dem milden Werke nicht zurückzubleiben, und versicherte jedermann, sie gäbe zwei Federn. Die müssen aber verloren gegangen sein, denn man hat niemals eine davon auf Zaunkönigs Leib entdecken können. Und doch gab es einen unter den Vögeln, der den ernsten Ermahnungen des Dompfaffen und der süßen Stimme der Nachtigall widerstehen konnte. Das war der Uhu. Er erwiderte mürrisch, die ganze Geschichte gehe ihn nichts an; er sei ein Weiser und Gelehrter und betrachte sich die Welt nur von oben herab. Dass sich der Zaunkönig verbrannt habe, sei eine natürliche Folge seines unvorsichtigen Fluges, und er wolle nicht darunter leiden. Es war dies so neidisch und hässlich von dem Uhu, dass alle Vögel darüber entrüstet waren und ihm erklärten, sie würden nicht mehr mit ihm umgehen. Darum sitzt er auch jetzt immer allein und fliegt nur des Nachts aus, wenn die andern Vögel schlafen. So wie dem Uhu, sollte es auch allen neidischen Menschen und Kindern gehen. – Zum Glück brauchte man Uhus Feder nicht, es waren genug andre da; in einer Minute machte Christkind das neue Kleidchen fertig, streifte es dem Zaunkönig über, und da flog er wieder ganz munter aus der Pelzkappe heraus und sah sich vergnügt um. Dann wollte er sich wieder ganz bescheiden in der Vögelschar verlieren. Christkindchen aber griff mit beiden Händen nach ihm, hielt ihn fest, drückte ihn an sich und sprach: ›Nein, du bleibst bei mir, denn du bist mir fortan der liebste Vogel im ganzen Walde und sollst für immer der Christkindvogel heißen. Wenn ich des Nachts ausreite, fliegst du mit mir und pickst mit deinem kleinen Schnäblein leise an die Schlafstubenfenster, damit die Kindlein merken, wer in der Nähe ist. Komm jetzt gleich mit mir, denn es ist schon fast ganz dunkel, und die Kinder werden mit Schmerzen auf mich warten!‹

Da setzte sich das Vöglein auf Christkinds Schulter; Christkind nahm sein Kerzchen zur Hand, dann hoben beide ihre Flügel auf – und fort waren sie. Knurrend trollte der Nikolaus hinter ihnen den Berg hinab. –«

Der Georg und das Mathildchen merken es sich nun aber recht genau, wie schön es ist, gefällig zu sein, wenn man sich auch ein bisschen weh dabei tut, und nehmen sich fest vor, so gut und bescheiden zu werden wie der Christkindvogel. Den neidischen Uhu mögen sie aber nicht leiden und wollen darum auch selber niemals neidisch sein. – Wenn es wieder Sommer wird, geht die Tante mit den Kindern in den Wald, da besuchen sie den Christkindvogel und bringen ihm ein Stück Kuchen mit.

23.

Dezember

Von guten Mächten

Dietrich Bonhoeffer

Von guten Mächten treu und still
umgeben,
behütet und getröstet wunderbar,
so will ich diese Tage mit euch leben
und mit euch gehen in ein neues Jahr.

Noch will das Alte unsre Herzen quälen,
noch drückt uns böser Tage schwere
Last.
Ach Herr, gib unsern aufgeschreckten
Seelen
das Heil, für das du uns geschaffen hast.

Und reichst du uns den schweren Kelch,
den bittern
des Leids, gefüllt bis an den höchsten
Rand,
so nehmen wir ihn dankbar ohne Zittern
aus deiner guten und geliebten Hand.

Doch willst du uns noch einmal Freude schenken
an dieser Welt und ihrer Sonne Glanz,
dann wolln wir des Vergangenen gedenken,
und dann gehört dir unser Leben ganz.

Lass warm und hell die Kerzen heute flammen,
die du in unsre Dunkelheit gebracht,
führ, wenn es sein kann, wieder uns zusammen.
Wir wissen es, dein Licht scheint in der Nacht.

Wenn sich die Stille nun tief um uns breitet,
so lass uns hören jenen vollen Klang
der Welt, die unsichtbar sich um uns weitet,
all deiner Kinder hohen Lobgesang.

Von guten Mächten wunderbar geborgen,
erwarten wir getrost, was kommen mag.
Gott ist bei uns am Abend und am
Morgen
und ganz gewiss an jedem neuen Tag.

24.
Dezember

Die Weihnachts-geschichte nach Matthäus

Evangelium nach Matthäus 2,1–2,23

Da Jesus geboren war zu Bethlehem in Judäa zur Zeit des Königs Herodes, siehe, da kamen Weise aus dem Morgenland nach Jerusalem und sprachen: Wo ist der neugeborene König der Juden? Wir haben seinen Stern aufgehen sehen und sind gekommen, ihn anzubeten. Als das der König Herodes hörte, erschrak er und mit ihm ganz Jerusalem, und er ließ zusammenkommen alle Hohenpriester und Schriftgelehrten des Volkes und erforschte von ihnen, wo der Christus geboren werden sollte. Und sie sagten ihm: In Bethlehem in Judäa; denn so steht geschrieben durch den Propheten (Micha 5,1): »Und du, Bethlehem im Lande Juda, bist mitnichten die kleinste unter den Fürsten Judas; denn aus dir wird kommen der Fürst, der mein Volk Israel weiden soll.« Da rief Herodes die Weisen heimlich zu sich und erkundete genau von ihnen, wann der Stern erschienen wäre, und schickte sie nach Bethlehem und sprach: Zieht hin und forscht fleißig nach dem Kindlein; und wenn ihr's findet, so sagt mir's wieder, dass auch ich komme und es anbete. Als sie nun den König gehört hatten, zogen sie hin. Und siehe, der Stern, den sie hatten aufgehen sehen, ging vor ihnen her, bis er über dem Ort stand, wo das Kindlein war. Da sie den Stern sahen, wurden sie hocherfreut und gingen in das Haus und sahen das Kindlein mit Maria, seiner Mutter, und fielen nieder und beteten es an und taten ihre Schätze auf und schenkten ihm Gold, Weihrauch und Myrrhe. Und da ihnen im Traum befohlen wurde, nicht wieder zu Herodes zurückzukehren, zogen sie auf einem andern Weg wieder in ihr Land.

Die Flucht nach Ägypten

Als sie aber hinweggezogen waren, siehe, da erschien der Engel des Herrn dem Josef im Traum und sprach: Steh auf, nimm das Kindlein und seine Mutter mit dir und flieh nach Ägypten und bleib dort, bis ich dir's sage; denn Herodes hat vor, das Kindlein zu suchen, um es umzubringen. Da stand er auf und nahm das Kindlein und seine Mutter mit sich bei Nacht und entwich nach Ägypten und blieb dort bis nach dem Tod des Herodes, auf dass erfüllt würde, was der Herr durch den Propheten gesagt hat, der da spricht (Hosea 11,1): »Aus Ägypten habe ich meinen Sohn gerufen.«

Der Kindermord des Herodes

Als Herodes nun sah, dass er von den Weisen betrogen war, wurde er sehr zornig und schickte aus und ließ alle Knaben in

Bethlehem töten und in der ganzen Gegend, die zweijährig und darunter waren, nach der Zeit, die er von den Weisen genau erkundet hatte. Da wurde erfüllt, was gesagt ist durch den Propheten Jeremia, der da spricht (Jeremia 31,15): »In Rama hat man ein Geschrei gehört, viel Weinen und Wehklagen; Rahel beweinte ihre Kinder und wollte sich nicht trösten lassen, denn es war aus mit ihnen.«

Die Rückkehr aus Ägypten

Als aber Herodes gestorben war, siehe, da erschien der Engel des Herrn dem Josef im Traum in Ägypten und sprach: Steh auf, nimm das Kindlein und seine Mutter mit dir und zieh hin in das Land Israel; sie sind gestorben, die dem Kindlein nach dem Leben getrachtet haben. Da stand er auf und nahm das Kindlein und seine Mutter mit sich und kam in das Land Israel. Als er aber hörte, dass Archelaus in Judäa König war anstatt seines Vaters Herodes, fürchtete er sich, dorthin zu gehen. Und im Traum empfing er einen Befehl und zog ins galiläische Land und kam und wohnte in einer Stadt mit Namen Nazareth, auf dass erfüllt würde, was gesagt ist durch die Propheten: Er soll Nazoräer heißen.

Quellenverzeichnis

Benjamin, Walter: *Ein Weihnachtsengel.* Aus: *Vossische Zeitung,* Beilage: Das Unterhaltungsblatt, Nr. 357, Berlin 1932.

Bechstein, Ludwig: *Des kleinen Hirten* Glückstraum. Aus: *Sämtliche Märchen.* München 1965. Dehmel, Paula: *Bescheidene Frage.* Aus: *Das liebe Nest.* Leipzig 1919.

Büchner, Luise: *Die Geschichte vom Christkindvogel.* Aus: *Weihnachtsmärchen aus Darmstadt und dem Odenwald.* Darmstadt 1980.

Dehmel, Richard: *Eine Weihnachtsstunde.* Aus: *Erlösungen.* Stuttgart 1891.

Gellert, Christian Fürchtegott: *Weihnachtslied.* Aus: *Werke, Bd. 1.* Frankfurt a. M. 1979.

Goethe, Johann Wolfgang: *Weihnachten.* Aus: *Berliner Ausgabe. Poetische Werke,* Bd. 1., Berlin 1960 ff.

Grimm, Jacob und Wilhelm: *Die Sterntaler.* Aus: Jacob und Wilhelm Grimm, *Kinder- und Hausmärchen.* Berlin 1812 und 1815.

Heyking, Elisabeth von: *New York, 25 Dezember 1899.* Aus: *Briefe, die ihn nicht erreichten.* Berlin 1903.

Hoffmann von Fallersleben, August Heinrich: *Weihnachten.* Aus: *Kinderlieder.* Hildesheim/New York 1976.

Kyber, Manfred: *Der kleine Tannenbaum.* Aus: *Märchen.* Stuttgart 1920.

Lagerlöf, Selma: *Die Vision des Kaisers.* Aus: *Christuslegenden.* Übersetzt von Marie Franzos

Lingg, Hermann von: *Die weiße Weihnachtsrose.* Aus: *Ausgewählte Gedichte.* Stuttgart/Berlin 1905.

Morgenstern, Christian: *Das Weihnachtsbäumlein.* Aus: *Werke und Briefe,* Bd. 3. Stuttgart 1990.

Ringelnatz, Joachim: *Der Weihnachtsbaum.* Aus: *Das Gesamtwerk in sieben Bänden,* Bd. 1. Diogenes, Zürich 1994.

Seidel, Heinrich: *Der kleine Nimmersatt.* Aus: *Gesammelte Schriften,* Bd. 7. J.G. Stuttgart 1893.

Storm, Theodor: *Knecht Ruprecht.* Aus: *Sämtliche Werke in vier Bänden,* Bd. 1. Berlin/Weimar 1978.

Tucholsky, Kurt: *Weihnachten.* Aus: *Gesammelte Werke in zehn Bänden,* Bd. 1. Reinbek bei Hamburg 1975.

Van der Hallen, Ernest: *Die Mär vom Geiger, der drei Herzen hatte.* Aus: Carl Hanns Erkelenz (Hg.), *Flämische Weihnacht,* München 1937.